东京

在地震、海啸和核辐射笼罩下的春天，樱花一如寻常地盛放。

横滨

口味愈发清淡，对食物的欲望降低，心境也愈发平和。

冲绳那霸

2月的冲绳并非想象中的热带岛屿，充满悲情，愈了解愈被伤感笼罩。

东京台场

夜风很凉，远处是灯火闪烁的品川港。

东京

命运的转机常常隐藏在不经意的路口，辨识和把握殊为不易。

东京

眼前的一切如同难以参透的密码，开启一系列人生际遇，并在回溯时构成记忆的线索。

东京

“在东京铁塔第一次眺望，看灯火模仿坠落的星光。我终于到达却更加悲伤，一个人完成我们的梦想。”曾经的梦想变成现实，却不知道也会一语成谶。

目录

CONTENTS

上篇

和敬清寂

下篇

羽化圆融

世界宽广，大到行走不尽；

世界又是如此之小，小到和过往一再重逢。

难得一面，世当珍惜。

作家×摄影师 安孜 著

いちごいちえ

一期一会

CNS 湖南文艺出版社 HUNAN LITERATURE AND ART PUBLISHING HOUSE 博集天卷 CS-BOOKY

一期一会

自序

曾经发生的一切从未消失

2012 年，我在尼泊尔旅行。在奇特旺的密林中，我和向导骑乘的母象突然发足狂奔。我不知道发生了什么，唯有紧紧抓住象舆的铁架，直到母象停住脚步。

就是在那一瞬间，我忽然对命运有了一些不同的感悟：我们都跋涉在幽暗的路途上，带领我们前行的力量，往往是我们所不知的人或物。

在荒僻的热带森林里悟到人生的道理，有些奇怪却又必然。那时我因为困惑和被伤害，在北京的生活陷入僵局。遍寻出路之时，我前往尼泊尔，这个人人口中众神飞舞的国度。

当然我并没有遇见众神，我只是在加德满都、博卡拉、奇特旺、蓝毗尼的每一个角落遇到曾经在日本的记忆。坐在破旧的 TATA[1] 中巴里，行驶在尘土飞扬的盘山路上，我却如同回到 2011 年的东京，仿佛依旧坐在迅捷的百合鸥线列车里，身边环绕的是身穿西装、面无表情的日本上班族。

在中世纪一般的尼泊尔和在日本的过往重逢，有些奇怪却又必然。曾经发生的一切从未消失，它们只是幻化成命运的密码，串连起一系列我尚不知晓的境遇。过往没有被接受的事实和未曾克服的困难，还会再次回到我们的生命里，直到我们完成应该完成的功课。

我的功课完成在阳光明媚的地中海畔。2014 年，我来到希腊开始新的生活，再度惊讶地发现，自己和曾经在尼泊尔的记忆不断重逢。都说时间是解决痛苦的良药，其实距离也是。离开熟悉的生活万里以

[1] 印度一家生产客车、动能型汽车、卡车、大巴和防爆车的汽车公司。

外，在时差五个小时的雅典，我开始尝试不同的人生面向。心态不同后，世界也就改变了样子。

地中海的夏夜凉爽宁静，我坐在阳台的绿色沙发上，翻看一本关于日本茶道的书。书里最打动我的是三个词：和敬清寂，羽化圆融，一期一会。

这三个词触动情感的开关，讲述的渴望忽然在心底升起。从日本、尼泊尔到如今的希腊，在这条长路上身心的跋涉和释解，我想通过故事讲述出来。

两个故事，三个国家，三段不同的人生。

和敬清寂，羽化圆融，一期一会。

写作的过程比想象的艰苦。创作长篇如同跑一场马拉松，会经历亢奋，也会有疲劳。在最艰难的阶段，我如同跑到了三十公里后的撞墙期，绝望和无力感像一件脱不下的灰色大衣，隔绝了我和世界的联系。

但人物和他们的命运如同一星灯火，照亮我脚下的一方土地。在他们的引领下，我一步步走出困惑和自我怀疑的密林。结稿之日，我没有欣喜也不伤感，而有一种久违的释然：故事早已铺展开，如今我终于完成了记录。

人物的使命终结在故事的收梢，作者的使命终结在写作的完成。如今我把这一切交出，让这本书在人群中辨识出自己的同伴，然后携手走过一段或长或短的时光。如果这本书能够让你看到不同的人生，带给你一点温暖与慰藉，那是我和人物最大的希冀。

日本茶道有语云：“难得一面，世当珍惜。”对于已经发生和将要发生的一切，我无比珍惜和感谢。

感谢出现在我书中的每一个人，你们背负命运的安排，通过我的书写展示给同样在人生中跋涉的人。

感谢刘雳，你让我相信人与人之间缘分的美妙，我无比珍视你的理解和相信。

感谢妈妈，在我人生的每一个路口，你都坚定地站在我选择的这一边。

感谢你的阅读与陪伴，长路且行且远，愿再次相会在未来的影像与文字中。

安孜

2016 年 5 月于雅典

曾经发生的一切从未消失，它们只是幻化成命运的密码，串连起一系列我尚不知晓的境遇。

过往没有被接受的事实和未曾克服的困难，还会再次回到我们的生命里，直到我们完成应该完成的功课。

一期一会

岐阜县白川乡

没有畅游在江河湖海的自由，再美丽的锦鲤也不过是漂亮的囚徒。

东京浜离宫

婚姻意味着从此为另一个生命承担无限的责任，但并不是每对夫妻在步入婚姻前都能够明白责任的含义。

东京

命运这个幽玄的题目，岂能轻易参透？

青森

在盛大的睡魔祭中，乏善可陈的青森华丽变身，
从乡土小城幻化成流光溢彩、鼓乐齐鸣的舞台。

北海道

清晨的温泉浴后推开大窗，黎明中的羊蹄山跃入眼帘。被自然之美深深震撼，寻觅不出合适的言语，只有屏息按下快门。

京都

一个人走过暑热难耐的京都，如同对即将到来的离别的一次预演。

京都

旅行展开的是未知之境,但我们总是在未知中遇见自己的过往。

旅途如同一面镜子，照见我们的过去、现在和未来。

京都

纸门后是三十三间堂的大殿，那里林立着佛祖、观音和天王像，庄严肃穆的脸孔上有犍陀罗塑像的痕迹。

京都

祇园的繁华，更映衬独自前来的寂寥。

奈良

奈良是祈愿的城市，从各处前来的人们似乎都是心怀夙愿，在踏上这块古老的土地时，分外渴望心想事成。

京都

夜幕降临，先斗町的热闹刚开始上演，

分离的时刻已不由分说地到来。

和敬清寂：茶道用语，意指平和、恭敬、淡雅、克制。

上篇

和敬清寂

因缘际会

一

凌晨三点四十分，余震又袭击了东京。

蒙昽中听见房间角落的地板发出吱吱嘎嘎的声音，卫生间马桶里的水摇晃四溢。路捷被吵醒，睁开眼睛。房间里一片漆黑，但仍然能够看见遮阳帘的拉链在大幅摆动。然后一如既往，地板和床垫才开始传来一波又一波的震动。

已经记不清这是大地震后第多少次余震了。恐惧的心理不是没有，但也不至于惊慌失措。静静躺在床上，等待地震波稍稍退去后，路捷起床，光脚走到书桌前，拨通电话。

“阿什夫，在吗？”

电话那端传来冷静的声音：“你醒了？速报说是里氏 6.8 级。接着回去睡吧，明天见。”

然后他挂了电话。

二

10 月初的东京还是夏末的样子，六本木中城商场外还有不少欧美游客躺在草坪上享受日光浴。从都营大江户线六本木站出来，走过长长的地下通道，搭电梯来到地面，第一个路口左转是米字旗巷。沿着这条路走到尽头，就是路捷就读的国立政策研究院。

这是一幢很有现代感的建筑，红砖和玻璃相间的外立面，走进去后却满是裸露的金属楼梯和不经粉刷的墙面，有种 loft 风格，让这里更像是艺术家的工作室。

进门处的保安不一定总是在，但在的时候就需要进出的人员出示证件。大厅的右侧是学院行政人员的办公室，透过透明的落地窗，总能看见工作人员腰板挺直、一丝不苟工作的样子。

走上楼梯。大厅中间的楼梯连通地面上的三层和地面之下的两层，每一级台阶都是金属格子构成的，在总高五层的空间里，每走一步都能够看见地下二层的灰色地面。对于略有恐高症的路捷来说，多少感觉有些不自在，但这种金属的通透感也构成了独特的情调。

路捷从包里掏出相机，一边战战兢兢地上楼，一边寻找最佳的角度来构图。终于在五楼的铁栅栏顶端找到了满意的位置，既可以看见整个金属楼梯，又有玻璃天棚透射进来的足够光线。她蹲下来，凑近栅栏，变换光圈拍摄了几张照片。

不觉间装在牛仔裤后口袋里的镜头盖“啪”的一声掉在了地上。路捷回头，一个身穿蓝色衬衫的男士已经帮她捡起镜头盖递了过来。他有两道浓眉和黑白分明的眼眸，身材挺拔，肩膀厚实。

“谢谢你。”路捷点头致谢。

“不必客气。我叫阿什夫，来自巴基斯坦。”他伸出手来用力一握路捷的手，“你喜欢摄影？我父亲也有这个爱好，他用禄来双镜头反光相机。”

“他可比我发烧得严重。”路捷笑了笑。

“那是很久以前的事情了，后来相机被他卖了。不过禄来的快门声我还记得。”他的神情一下子变得有些不同。

这人有点怪，路捷心里想。

“四岁的时候我也听过禄来的快门声。那天我父亲把一台禄来挂在我的脖子上，然后用另一台海鸥双镜头相机给我拍照。脖子上的相机太重，我用手去托着，结果不小心按到了快门，拍了一张废片。那时候胶片昂贵，于是我挨了父亲一顿骂。”路捷转过头又拍了一张，接着说，“所以我不喜欢禄来的快门声。”

“我也不喜欢。”他说。

他表情复杂，路捷不能辨别那是什么样的情绪。

三

来到日本之前，路捷的生活稳定富足。在政府经济部门工作已经五年，工作内容驾轻就熟，很多时候就是熬时间和重复性劳动，来自工作本身的挑战已不存在。每天的日子波澜不惊，除了一些小小的办公室政治，没有不在掌控的部分。

这是很多人梦想的生活，路捷明白。但不知道从什么时候开始，她对这种规划好的、符合主流意识形态的生活产生了不同的感受。做被交代的事情，不能出错，也不能出格。从早上八点到下午五点，每一分钟都不属于自己，必须随时待命，等待来自领导的要求和指示。每个人都不是自己，而只是这个庞大机构的一个部件。当程序运转到自己这里时，只要正常地发挥作用就可以。

这种按部就班感渐渐变成了束缚感。分析材料不能有太多个人观点，代拟的讲话必须顾左右居中庸，不可以授人以任何口实。稿件的第五稿与第一稿相比，可能面目全非，但第十五稿时又得按照领导英明的指示，粘贴回第一稿中 95% 的内容。返工不是问题，问题是干得太快太好会让领导吃惊。很多次在会议室里集中修改文稿，看着十几个人为一个标点符号争论不休，并不断留心领导的神色以调整立场，路捷心生烦躁。觉得被束缚到无力呼吸之时，她就去卫生间，把自己关在最里面的一个小隔间里坐着。听旁边隔间的同事来了又去，哗啦啦的冲水声冲不走郁闷。走出隔间，她看见镜子里自己的脸，灰扑扑的，没有神采。

路捷知道这样的生活不能继续下去。偶然间她看到日本政府奖学金的启事。经济学硕士学位，英语授课，只需要提交现成的雅思或者托福成绩就可以申请。一年多前考的雅思 7.5 分成绩单眼看要过期，不如试着申请一下。

一个多月后她收到了面试通知。那是 12 月底，面试的地点在国贸二期。上午十点钟的太阳很刺眼，迎着阳光走进面试室的瞬间路捷有点睁不开眼睛。已经有两位面试官坐在长条桌的对面。左手边的一位年纪大些，留着仁丹胡，穿一身铁灰色的西装。右手边的年轻考官穿棕色格纹西装，自我介绍说是来自一桥大学的松浦教授。

面试的内容无非是自我介绍、对中国宏观经济的分析以及将来的研究计划。年长的考官一直没有说话，不停翻阅他面前的材料，路捷猜那是她的简历。

直到松浦教授问完了所有问题后转头征求他的意见，他才抬起头："你有金融学学士和法律硕士学位，英语也很不错，按说可以在跨国公司或者外国律师事务所找到不错的工作，还能有很高的收入。能不能告诉我们，你为什么选择了在公立机构工作，并且还要申请我们这个并不太丰厚的奖学金项目？"

一瞬间，办公室洗手间镜子里那张灰扑扑的脸出现在路捷眼前。她几乎要脱口而出："因为这样的日子我过够了，我想要换种生活方式。"但理智还在，这样的答案显然不能出口。

路捷略微沉了口气，说："我知道进入私立机构可能对个人的经济条件有很大的改善，但富足的个人生活不是居于我价值观顶端的东西。研究生毕业的时候，我对自己和所处的环境有过客观的评估。中国的经济发展速度和质量都行进在快车道上，而我们的管理体制却远不能适应经济发展的要求。这个国家需要更多有经济学、法律背景的宏观管理人才，而我恰好具有这样的条件，这是我当年选择到政府部门就职的原因。不过，五年过去了，我的观点有一点需要修正。”

说到这里她停了一下，两位考官都紧紧盯着她，等待她说出下一句话。

“在政府部门工作五年后，我发现宏观管理者除了需要有复合知识背景，还需要有广阔的视野。这包括丰富的工作阅历，也包括学习国际上的先进做法。现在我申请到日本学习，就是希望能够有机会站在国际视角，看看中国的政策还可以怎样进一步优化。”

松浦教授微微点头，路捷接着说下去：“让个人获得经济利益不是我追求的目标，如果说我有野心，那我的野心是要发挥自己的专业优势和能力，为更多人的生活发挥作用。”

她说完，面试室里忽然非常安静，静到能听见墙上挂钟秒针移动的声音。

几秒钟后，年长的考官站了起来，绕过长条桌来和路捷握手：“欢迎你到国立政策研究院就读，我是田中。”

走出面试室，路捷觉得有点恍惚。刚才这番话，究竟是不是发自真心？当年她放弃许多世界五百强和上市公司的工作机会，确实说明自己并非唯收入至上的人，但在政府部门工作的这几年，她是否真如自己所说，挥洒了自己的所学所能，获得了职业成就感？因为借助英语这个非母语的媒介说出，刚才的话可能更接近内心，并非为了得到录取而编造的谎言，那是她发自肺腑的职业理想。但是办公室卫生间里那张灰扑扑、充满倦怠感的脸，才是工作的现实。路捷知道，这理想和现实的巨大差异，恐怕不是一个海外就读的机会可以改变的。

路捷在心里说："田中先生，我可能要让您失望了。"

四

10 月末，学院组织所有国际学生做东京半日游。两辆大巴载着新入学的几十个留学生从六本木出发，一路经过明治神宫、皇居，然后来到仲见世通和浅草寺。对于大多数外国学生来说，浅草寺门前硕大的雷门灯笼非常有趣，于是大家纷纷凑上去留影。推推挤挤，欢声笑语。

太过喧闹，路捷反而没有了拍摄的兴致。盖上镜头盖，抄起相机，她转到人群的后面，冷冷地看着别人的欢笑。

不知道从什么时候开始，路捷发现自己越来越回避与他人一起从事的活动。也不是抵触，而是觉得这不是属于她的，甚至觉得，快乐太过肤浅，保持一定的距离和一定的沉默，是让自己清醒的必要方式。

“太热闹了就不知道自己是谁，也不知道自己是在哪里。”背后有人说。

路捷回头，是阿什夫。

她不知道如何接下去，有点敷衍地回道：“安安静静看着别人的热闹也不错。”

他点点头，换了个话题：“你知道，作为一个穆斯林，这些神社啊、寺庙啊，在我的眼里几乎都是一个样子，乏味。”

“可这是信仰，我们要尊重。”

“不是所有的信仰都正确，很多人是误入歧途。”

又是一个尴尬的话题，路捷不知道该怎么接下去，只好沉默地望向神社庭院的角落。来自巴基斯坦的另一个留学生卡米尔正在屋檐下铺开礼拜毯，准备开始祷告。

“现在是礼拜时间吧？”路捷问阿什夫，“你为什么不像卡米尔那样去做礼拜？”

“不是每个人的信仰都表现成一样的方式，很多人是误入歧途。”

“你是指卡米尔？”

“我是指每一个人。”

“你这个人很奇怪，有点含沙射影的感觉，又不肯明说。”

“明天下午你有空吗？我请你喝茶，到时候再明说。”

他向路捷眨眨眼，一副似笑非笑的样子。

五

巴基斯坦奶茶的味道比想象的香浓，烹煮方法比想象的简单。水和牛奶1∶1混合，临近沸腾时投入红茶包和肉桂，再煮个三四分钟就好了，离火前加上适量的糖调味。

路捷坐在A幢十一楼的公用厨房里看着阿什夫煮奶茶。他们住在同一个国际社区。这个社区坐落在台场的海边，临近著名的船舶科学馆。据说二十年前填海开发台场青海一丁目的时候，日本民众对这片海边滩涂上建立新社区的安全性很不放心，沙地上的高层建筑，是否能有可靠的防震性？为了打破质疑，也为了吸引人气，日本政府通过留学振兴机构的名义，将这里开发成了专门提供给外国留学生和访问学者的国际公寓。

公寓由四幢建筑构成，临海的一侧有十四层，由A、B两幢组成，A幢是酒店标准间式的公寓，B幢是具有独立厨房的单身公寓，背海的两幢层数较低，其中C幢适合夫妻申请，D幢的设备更适合有孩子的家庭。

通过国立政策研究院的面试后，路捷收到学院行政人员发来的住宿申请表。台场的A、B公寓都在可选范围内，同时供选择的还有位于中野区及千叶县的住所。几乎毫不犹豫，她在台场B幢公寓后面打了钩。这是最贵的选择，但它有着无与伦比的优势，那就是独立的厨房。

入住那天，这间公寓果然没有让她失望。穿过半开放式走廊，路捷来到B406室前。用IC卡打开门，展现在她面前的是一个三十平方米大小的通间。玄关铺着花纹细碎的瓷砖，两侧是鞋柜和置物柜，这显然是日本人的习惯，供一进门换鞋和收纳背包使用。一平方米的玄关之外就是铺着实木地板的房间，开放式厨房里有电磁炉、微波炉和洗衣机，操作台上方还贴心地安装了小灯，这个厨房果然成为她此后生活的重心之一。厨房的对面是干湿分离的卫生间，外间是具有加温和洗浴功能的智能马桶，以及一个洗面池。打开里间的折叠门，是不到一平方米的淋浴间。房间的尽头是大大的落地窗和面向社区庭院的阳台。走到阳台，A 幢和 C 幢的灯火尽在眼前。

“选择住在 A 幢，是因为你很少做饭吧？”坐在公用厨房里，看着阿什夫煮茶，路捷问道。

“你应该知道，在伊斯兰教国家，我们男人不进厨房。”

“那真得感谢你肯屈尊做奶茶给我。”她揶揄他。

“真要感谢，你得感谢我妈妈，是她教会了我怎么做奶茶。”他打开一袋和式饼干，倒进小餐盘，然后把餐盘推到路捷面前。

阿什夫说话的语气，总有一点与人抬杠般的挑衅，可是看他的神色，却又好像一点没有冒犯的意思。

“你妈妈住在伊斯兰堡吗？”

伊斯兰堡，这是路捷当时能想起来的唯一一个巴基斯坦城市的名字。不对，还有白沙瓦，那个在国际新闻里频频出现的地名，但每次都和塔利班、反恐、爆炸、自杀袭击等联系在一起。这个看起来斯斯文文的人，不会是来自白沙瓦吧？

阿什夫说："我家在费萨拉巴德，旁遮普省。原来我们住在拉合尔，我父亲曾经是拉合尔一家大棉纺厂的所有人，我妈妈出嫁前是拉合尔百年甜点铺子老板唯一的女儿。"

"你出身名门啊！"

他沉默了一会儿，双手支在餐桌上，用右手转动戴在左手小指上的戒指，银戒指圈上镶嵌着一大块虎眼石。

"旁遮普北部有种植棉花的传统，我父亲的家族经营棉纺厂有好几代人的历史。我的祖父年轻时曾在德里的大学学习农业，那时候印巴分治还没有多久。他很有能力，家族产业经营的规模越来越大。他把两个儿子送到利物浦学习，我父亲学经营，叔叔学机械。

"我叔叔在利物浦认识了一个英国女孩，没过多久两个人决定结婚。但是女孩的父母不同意他们的女儿皈依伊斯兰教，我的祖父为此勃然大怒，坚决反对这门婚事。叔叔最终选择了爱情，他再也没有回过巴基斯坦。

“我父亲回国接管家族的全部产业，那时候企业的规模已经很大，工人就有好几百。祖父很有远见，在退休前为我父亲把婚姻大事也安排好了。婚礼举办得很风光，我妈妈的嫁妆就装了三卡车。

“我对家族的富足还有印象。依稀记得家里的司机戴着白色手套，张口闭口称我为 Sir。送我去幼儿园的路上，他会先把车停在我外祖父家门口，让我妈妈下车去和她的兄嫂喝茶。我也记得，每天下午我被接回家后，都要先到二楼的吸烟室去见父亲。那时他总爱穿一套绛红色的天鹅绒吸烟装。他抽水烟的样子很酷。

“但这样的日子没有持续多久。祖父去世的第二年，我父亲娶了我母亲，然后一切就不同了。”

“你母亲？”路捷怀疑自己听错了。

“她是我父亲的第二个妻子。”

六

“我花了很长时间才适应家里的变化。”阿什夫一面说一面从厨房的落地窗望出去。这时候能够看见临近黄昏的阳光，洒落在宗谷号旁的海面上。

1938 年，当时名为“领地丸”的宗谷号以商船身份下水；1940 年，“领地丸”被征召入军籍，正式命名为“宗谷号”，经历了战争中的血雨腥风；1956 年，为完成日本首次南极科考任务，宗谷号入厂强化，被改装为科学勘测船。在六次完成科考任务后，宗谷号再次被改装，成为配属北海道的巡视船，运行在青森和北海道附近海域，累计搭救被暴风雪和浮冰围困的渔船十九艘。1978 年，宗谷号正式退休，一年后停泊进台场船舶科学馆旁的永久锚地，这艘命运波折的大船终于安定于此，成为临近社区的一部分。

阿什夫喝了一口已经凉掉的奶茶，说：“我父亲的经营才能和运气都没有他想象的那么好。祖父去世后，家里的棉纺厂也渐渐出现问题。先是有客户拖欠款项，然后工人开始闹着涨工资。那个时候市场也发生了变化，传统的材质和图案受到冷落，人们受到宝莱坞电影的影响，转而购买从印度进口的纱丽。

“但我父亲没有意识到这些，他沉浸在新婚的喜悦中。在他的心目中，这第二个妻子才是他真正的配偶。她出身于不富裕的知识分子家庭，接受过中学教育。相貌算不上出色，但还算秀丽。据说他们相识于父亲堂兄举行的家庭舞会上。父亲对她一见钟情，然后就托了媒人上门求亲。

“虽然《古兰经》允许男人娶四个妻子，但在我父亲那个时代也很少有人再娶两个以上的妻子了。经济负担是很多人不选择多妻的原因，也有很多人是受到了西方观念的影响，接受夫妻间的忠诚义务。我父亲不是不明白，但他坚持说《古兰经》的教义是要能够平等对待妻子，只要做到这一点，他就没有违背信仰。他让我妈妈搬到后院，让新妻子住在前院，然后把办公室也从厂里搬到了前院，这样，他待在前院的时间就更加理所当然。

“那天放学回家，司机把我直接带到前院去见父亲，他正站在他们的新卧室里。房间布置得很西式，墙上挂着父亲从英国买回来的油画，摆着有厚重帷幔的床，房间里铺着手工地毯，角落里还放着一架钢琴。

“父亲对我说：‘去和你的新妈妈打个招呼。’

“那时我七岁，但也明白妈妈只能有一个，父亲让我的生活一下子变得过于复杂。我尝试着用自己的方式去理解这一切，但是显然太难了。我看见父亲瞪着我，等我做出反应。时间一秒一秒过去。我害怕自己做得不对，父亲会揍我，我也害怕自己的行为会给妈妈带来磨难，虽然那时的我并不知道那可能是什么样的磨难。

“想保护自己，又想保护妈妈。我沉默地站在那里，不知说什么好。真主保佑我，突然间我做出了让自己都吃惊的举动，我走到父亲新妻子的身旁，轻轻地说了一句‘母亲好’。我看见她一下子抬起长长的睫毛，吃惊地看着我。

“七岁的我无师自通地发明了自以为不会冒犯任何人的称呼方式：我称父亲的新妻子为‘母亲’，称我真正的母亲为‘妈妈’。父亲对我的态度很满意，当即奖励了我一把阿富汗匕首。我拿着这把镶满了青金石的小刀，刚才的压力烟消云散，高高兴兴地从前院回到后院。

“推开妈妈的门，我看见昏暗房间里一个孤独的背影。我冲过去兴奋地说：‘妈妈，你看我的礼物。’

“她转过脸的瞬间我永远记得。我看到一双绝望的眼睛，大颗的泪珠无声地滚落下来。”

七

“我的童年几乎是泡在妈妈的眼泪里。”

面前的奶茶已经凉透，窗外的晚霞渐渐退去，暮色已浓。厨房里已经开始有人走动，在料理台冲洗食材，准备做晚饭了。

不过阿什夫似乎并不在意别人的存在，继续说："厂里的生意一天不如一天，生产出来的布料找不到买家，大卷大卷地堆在仓库里。厂里渐渐雇不起那么多工人，于是父亲着手裁员。被辞退的工人非常愤怒，隔三岔五地到厂里和我们家里闹事。终于有一天，有人纵火，烧掉了堆满布料的仓库。

"这下彻底击垮了棉纺厂的运作，连采购棉花的现金都没有了。父亲非常着急，四处去筹钱。让人借钱给我们并不顺利，父亲屡屡碰壁。一天早晨，他难得地到后院来，站在我妈妈面前，冷淡又严厉地让她回娘家去借钱。

"我妈妈是非常传统的旁遮普女人，勤劳、顺从，甚至有点愚钝。出身于富庶家庭，我的三个舅舅都接受过良好的教育，可是作为家里唯一的女儿，我妈妈却没有上过学。她的童年和青少年都是在深宅大院里度过的。衣食无忧，需要什么东西都可以让父兄买回来。每天五次，我的外祖母会带着她和我的舅妈们一起做礼拜，剩下的时间，她们就做家务打发时间。

"我妈妈从小就喜欢待在厨房里，七八岁时就学会了煮奶茶。那时候外祖父家里人口多，还经常有客人到访，妈妈就一个人搬来一桶牛奶，坐在柴火灶边，一煮就是一个下午。有时候一边煮奶茶，一边在烤盘上做几个帕帕冬。"

“帕帕冬？”路捷第一次听到这个词。

“那是一种薄薄的面饼，很脆。煎或者烤的时候要很小心，不然一下子就会煳掉。”阿什夫简单地解释道，“那天，我父亲来到后院的时候，我妈妈就正在厨房里煎帕帕冬。

“父亲的语气很急迫，让她马上回一趟娘家，务必借出钱来，不然就不要回来。

“因为烧着劈柴，厨房里烟熏火燎。我站在装满面糊的陶罐旁边，看见妈妈抬起手背来擦眼睛，然后又被烟气熏得咳嗽起来。父亲没再多说一句，转身离开厨房。我和妈妈都沉默着，眼看着一张帕帕冬在锅里变得焦黑。”

八

“那天晚上，妈妈回来得很晚。我听见司机把车停在前院，父亲下楼的声音，然后是他们的争执声，最后传来的是妈妈一个人的啜泣。

“外祖父和我的舅舅们都拒绝向我父亲伸出援助之手。这不奇怪，他们对我父亲的第二次婚姻非常愤怒，认为这是对他们家族的公然侮辱。他们熟知商业运作的规律，看到父亲接管棉纺厂后生意一落千丈，也对他的能力不抱有任何希望。舅舅提出让妈妈带着我搬回外祖父家，单纯的母亲把这些话告诉了父亲，父亲勃然大怒，说：‘你离开就永远不要回来，而且你一个人走，阿什夫必须留下来。’

“妈妈于是又回到了后院，从此不再和外祖父一家联系。她无法解释自己的命运，只好更加虔诚地礼拜祷告，祈求真主能够帮助她和我们这一家人。

“半年后我同父异母的弟弟伊克巴尔出生了，我们的日子过得更加拮据。父亲开始变卖家里的一些细软，包括他从英国带回来的禄来相机。我妈妈的很多陪嫁也被他拿到市场上卖掉。即便这样也还是入不敷出。终于在我十岁那年，父亲把家传的棉纺厂贱价卖掉了。

“没有了棉纺厂，我们继续住在拉合尔就成了问题。作为旁遮普的省会，拉合尔云集了一大批富贾和政要。这里富人的消费可能比在伦敦还高，很多人的宅第里有硕大的游泳池，每周都召开奢华的聚会。我的父亲曾经是这些聚会的常客，他衣着光鲜，言谈得体，还经常出手阔绰地给舞娘们大笔小费。他是拉合尔古典摔跤俱乐部的成员，连续三年蝉联年度锦标赛的冠军。他常去的几家水烟馆里备着他专用的烟筒，伙计一看见他就笑脸相迎，他会在周五的聚礼结束后揣着大把钞票去地下马场赌马，也带着猎枪开着吉普去郊外打野兔。拉合尔是他的城市，这里有他熟悉的一切，我们却无法在这里生活下去。

“那年斋月开始之前，我们全家离开拉合尔，搬到了费萨拉巴德。和拉合尔相比，费萨拉巴德完全就是乡下，街道上尘土飞扬，到处是驴子拉的木板车。我们买不起以前那样的大房子，只能租下一个院子，妈妈和母亲的卧室在院子的对角，中间是她们共用的厨房。

“在听到附近礼拜寺传来的唤礼声后，父亲在院子的回廊里展开礼拜毯，而一墙之隔的卧室里，妈妈也开始念礼拜词。他们都向真主祷告，但我不知道他们向真主祈祷的是否是一样的幸福。

“开斋节过后，父亲把家里的车卖了，跟了我们十几年的司机自然也就辞退了。司机离开的第二天，我一个人走路去上学。走到学校的时候，我的皮鞋已经被尘土遮盖得严严实实，连颜色都看不出来了。”

阿什夫陷入回忆。路捷起身离开时，他都没有注意到。

朝露云霓

九

元旦的假期结束后，路捷去见田中教授，想和他谈谈。

田中教授的履历丰富。出生在北海道，父母经营一家房地产经纪公司。十八岁时考上早稻田大学，但没过多久便获得了康奈尔大学的全额奖学金，于是刚满二十岁的他离开了日本。他笑称这次离别超乎意料地长久，因为再回国已是四十年之后。

拿到宏观经济学和政治学两个博士学位后，他开始了在联合国的职业生涯。在四十年里，他做过经济社会理事会的项目官员、常驻过秘鲁和委内瑞拉，职级从开始的 P2 一直做到司长级的 D1。2009 年退休后，他还作为特聘专家继续为联合国效力。2010 年，他回到日本，在以英语为教学语言的国立政策研究院开始教授生涯。

长期的美国和国际组织生活经历，使田中教授不同于其他日本教授。他的英语不带口音，总是笑容可掬，他不会下意识地鞠躬，笑说总忘记自己穿着破了洞的袜子，因为在美国没人会让他脱掉鞋子，但在日本就总是露馅。田中教授和其他日本教授最大的不同，是他同夫人都要说英语："在美国出生长大的日裔美国人，我怎么能要求她每天说日语、穿和服？"

路捷敲开田中先生办公室的门时，他正在煮咖啡："正好，一起来喝一杯正宗的越南咖啡。"

路捷坐下，不知如何开口。到日本三个多月了，生活上的困难已经渐渐克服，她开始感觉自己如鱼得水般地融入了这里。独自一人去镰仓看了红叶，也在六本木附近的酒吧里喝了日本威士忌"白州 12 年酿"。日语还是不通，但这已经不能妨碍她去国立新美术馆观赏凡·高的真迹展，也不影响她到国立剧场去看一场冗长繁复的歌舞伎表演《义经千本樱》。

每日的学习也按部就班。微观经济学是路捷熟悉的内容，统计学也不算陌生，计量经济学略有些难，但熟悉了模型和软件的应用，也不是不能掌握的部分。传说中最令人胆寒的宏观经济学，似乎也不似学长们口中所言的可怕。入学伊始，路捷就听说，前两年曾经发生过两名中亚留学生在这门课程的期中测验中不及格，而立即被取消奖学金并遣送回国的事。阿什夫也告诉她，一个前来进修的巴基斯坦高官也曾在这门课上拿到一个 D，然后被迫转为旁听。但路捷的感受并没有那么可怕，无非是每周完成宏观经济学的作业要花去至少五个小时，期中考试时的阵仗格外大些罢了。

那是 12 月初的早晨，教授宏观经济学的西班牙教授到得很早，站在考场外迎接每一个来考试的人。然后严肃地要求所有人脱掉外套，桌子方圆一平方米之内不准有任何东西。他虎着脸检查每个人的桌椅文具，但其实题目并不难，无非是平日作业的翻版。题量稍大，要在三个小时内全部答完有些难度。结束铃声响起来时，西班牙教授收走考卷，然后发给每个考生一块 KitKat 巧克力。据说嚼食 KitKat 发出的咯吱声，在日本意味着考试通过。

但后来听说有好几个人在期中考试后被转成了旁听资格。KitKat 对路捷可能有效，因为那次考试她的成绩是第一名。

“田中先生……”路捷望着墙上挂着的三只钟，不知道该如何把心思说出口。这三只钟显示三个不同的时间：日本、美东和美西时间，三个秒针却发出一致的声音。

她还是决定坦诚说出来：“先生，您是否记得在北京面试时，我向您表达过要做政策制定者的意向？现在我的想法有点变化……”

冬天的阳光照在他们中间的长桌上，反射出暖洋洋又刺眼的光。

田中先生慢慢喝了口咖啡，问路捷：“现在的想法是什么？”

“到日本后我的学习很顺利，论文方向也已经确定。可是我越来越觉得，自己感兴趣的不是经济，也不是政治。”路捷说得磕磕巴巴，一方面因为自己的思路并不清晰，另一方面，她不知道田中先生会不会失望。

“那你感兴趣的是什么？”田中先生盯着她的眼睛。

“我喜欢不同的文化，喜欢不同的人。我想遇见更多不同的生活，把它们记录下来。”路捷鼓足勇气，一口气说了出来。

沉默了一会儿后，田中先生开口说：“你知道我在国外一漂四十年的原因是什么？康奈尔博士毕业那年，我收到了同志社大学的就职邀请，可以直接回日本做副教授。但我那时的女朋友，也就是现在的太太说，她不要做一个普通的日本家庭主妇，她的梦想是去看看世界的其他地方究竟是什么样的。我不想失去她，也不愿让她放弃梦想，于是我们一同进入了联合国工作，这是当时我们能够想出来的最能兼顾生计和梦想的办法。

“四十年里，我们去过八十二个国家。作为项目官员，我参与了不知多少个经济社会援助计划，这些计划很多取得了成功，更多的是不了了之。如果用参与的政策性工作的成败来评判我的职业生涯，那我可得不了高分。但我和太太阅历了世界的广大与不同，这也可以算作另一种成功。

“我相信你对我说的话，无论是在北京面试时说的，还是现在你所告诉我的。人的想法会随着阅历不断变化，只要真诚对待自己和别人就无所谓对错。我很高兴你对日本文化产生了兴趣，听说你每天都在拍摄照片？”

“是的，我想尽量多地记录下在不同文化里生活的点点滴滴。”

“很好，我愿意看看你的作品。不过，作为教授，我还是要提醒你，课要上好，论文也必须认真写好。”田中先生举起右手食指晃了晃，“在打开人生一扇门的同时，尽量不要去关上其他的门。”

路捷不知该说什么好，站起来向田中先生深深地鞠了一躬。

走出办公室时，田中先生举着咖啡杯对路捷说：“下周六我太太在家里举办 potluck 聚会[1]，邀请的都是在日本的各国外籍人士，欢迎你来。别忘了带上相机。”

十

元旦期间阿什夫去了京都。他用三天的时间去了这座古都的大部

[1] 百乐餐，每个参加者自带一道菜的聚会。

分景点。他在电话里对路捷说，绝大部分时间看的都是他并不感兴趣的寺庙和神社。

假期结束的第二天下午，他来路捷的研修室，递过一盒包装精美的八重桥生果子，然后拉过邻座的转椅在路捷旁边坐下来。

包装打开，绢纸包裹的盒子里，端正地摆着八枚草莓夹心的糯米饼。阿什夫看着路捷把一枚糯米饼放进嘴里，问："不很甜，是吧？"

"对我来说，这甜度刚好。"路捷说。

"南亚的人都嗜甜，我家人尤其爱，别忘了，我的外祖父可是甜点商人。"阿什夫说，"我妈妈从小吃惯了甜食，做奶茶时总是不自觉地放太多的糖。后来我们搬到费萨拉巴德，家里的糖不能再像以前那样大量使用，可我妈妈总是忘记，为此不知道挨了我父亲多少斥责。

"搬到费萨拉巴德后，我父亲和第二个妻子的关系慢慢变得不像以往那样亲密。母亲生了伊克巴尔后，经常抱怨父亲对两个儿子不能一视同仁，说当年能够买给我的玩具，现在一样也不能买给伊克巴尔。就连衣服，伊克巴尔穿的也都是我的旧衣服。父亲被这些念叨弄得心烦意乱，于是渐渐减少在家里停留的时间。费萨拉巴德没有拉合尔那样丰富的夜生活，但也遍布大小茶馆。于是我父亲成了泡茶馆的常客。

很多时候，母亲和妈妈想见他，都会叫我去各家茶馆寻找他。在茶馆里，我听过传统艺人的吟唱，也见过肚皮舞女的表演。年纪幼小的我不是没有被这些吸引过，可是我总记得两个无助女人的期盼和家里举步维艰的生计。每次我走到父亲身旁，都会轻轻拉一下他的衣襟。他每次都会不耐烦地挥手把我打发走。

“后来父亲有段时间和一个肚皮舞女走得很近，凡是她的演出父亲都去捧场。他回家的时间越来越少，有时候晚上就在茶馆的包间里过夜。他的钱不够给舞女购买绚丽的行头，于是就回家找东西变卖。一天他强迫妈妈打开她的箱子。那只木箱上雕刻有繁复的花纹，是妈妈当年陪嫁的一部分，曾经的三卡车陪嫁，如今就剩下这一只木箱了。父亲从箱子里翻出了一只泛黄的象牙手镯。他离开的时候，我妈妈没有哭，只是平静地把弄乱了的物品收拾整齐，然后轻轻盖上了箱盖。

“我看着父亲离开的背影，愤怒和痛苦充满了我的心。”阿什夫的情绪有些激动，看得出他在尽力保持平静。过了几分钟，他抬起头问路捷：“你有兄弟姐妹吗？”

“没有，我是独生子女，和绝大多数同龄的中国人一样。”

“那你可能很难理解我对伊克巴尔的感情。”阿什夫接着说，“不过，即便有兄弟姐妹，怕是也很难理解我们的感情。

“伊克巴尔自幼就身体单薄，这点和我正好相反，但他的手非常巧，很小的时候就学会了用报纸制作风筝，并且会用铁丝挑开挂锁，打开父亲的铁皮柜，从里面偷出父亲藏给自己做夜宵的蜂蜜花生酱，拿来跟我分享。

“伊克巴尔五岁那年，天热得很早，5 月就出现了超过四十摄氏度的高温。一天我放学走回家，远远看见伊克巴尔和往常一样，站在桥头等我。费萨拉巴德种植着很多小麦，灌溉用水主要靠人工修造的水渠，很多水渠上都有圆木搭成、没有扶手的桥。伊克巴尔那时就斜跨在木桥边上，正探着身子往水里看。顺着他的视线，我发现水里浮浮沉沉地漂过一大堆类似书籍的东西，好像还有木板车的零件和车胎，可能是上游有人过桥时连车带东西一起掉进了水里。

“我正在想不知道有没有人也掉进了水里，突然就看见伊克巴尔头朝下栽进水中。顾不得想，我跳进了混浊的渠水里。正是下午三点钟，太阳很高，渠水被晒得热乎乎的，这减轻了我心里的恐惧。我朝着伊克巴尔游过去，一把抓住了他的 T 恤领子。伊克巴尔挣扎着把头探出水面，我看见他脸色灰白，因为憋气的时间太长，眼睛都充了血。

“我们游到岸边时都筋疲力尽了。把伊克巴尔拖上岸后我才发现，这小子怀里紧紧抱着两本书。书全湿了，但所幸没有散失内容。伊克巴尔咳出不少水后，把书翻过来，我这才看到书名，是《英语 – 乌尔都语双语百科全书》和《霍乱时期的爱情》。

“后来伊克巴尔总说，这两本书改变了我的命运。我不清楚是不是真的如此，我知道的是从我救了伊克巴尔那天起，给我煮奶茶的就不只是我妈妈了，母亲煮的奶茶也常被端进我的房间。”

十一

六本木中城的地下一层有很多餐厅，每到周围各大商社的午休时间，这些餐厅都是一座难求，甚至买个特制便当都要在门口排上很长时间的队。虽然非常拥挤，但这里的餐厅有着别处很难有的优势，那就是方便单身女子一个人就餐。

在日本生活得足够久了就会发现，这个国家充斥着很多外国人想象不出来的规矩。比如绝对不能给别人添麻烦，因此没有人在电车上打电话，即便在电车上看报纸，也要折成小小的一块，防止侵入别人的空间。如果这些是可理解的不成文规则，还有些规矩简直是路捷这个外国女性难以理解和接受的。身为女人，在日本有很多事情不能做，比如如果是一个人就餐，就几乎不能走进日式火锅店；人气很旺的立式乌冬面店或者馄饨店也是女性望而却步的所在。这些规矩不需要别人来告诉她，只要尝试着走进一次，周围人那冰冷的眼光就能令路捷知道自己已经踏入化外。

所以尽管中城的餐厅又贵又挤，她还是喜欢在这里解决午饭问题。这天路捷的决定是在越南餐厅吃份鸡肉粉套餐。侍者非常贴心，等另一位独自前来的年长女士就餐完毕后，就把路捷直接带向位于餐厅角落、只配有一把椅子的小方桌旁，椅子上铺着粉红色的坐垫，桌上放着超小份的鱼露和甜辣酱调料盒。

在等餐的时间，路捷从帆布包里拿出《霍乱时期的爱情》，随意翻开，正好看到这样一句："爱情，首先是一种本能，要么生下来就会，要么永远都不会。"

她想起两天前，阿什夫打电话来："陪我出来走走好吗？"

半小时后他们在船舶科学馆前碰面。阿什夫步伐很急，大步走在路捷前面。从风里传来他断断续续的声音："我叔叔去世了。"

那是晚上七点半，天已经黑透。2 月初是东京最冷的时节，还刮着五级风。路捷把羽绒服的帽子竖起来，尽量遮挡一点透骨的寒意，但还是忍不住瑟瑟发抖。她不知道该说什么，只好默不作声地跟着他走。

"我叔叔生命的最后十年过得并不如意。他和英国妻子生了两个女儿，十年前他们分居，三年前他被诊断为肺癌。伊克巴尔刚才打来电话，说叔叔一个人死在纽卡斯尔的公寓里。

“我们这个家族的男人总是在爱情上遇到麻烦。我想这是因为基因带有的诅咒。如同加西亚·马尔克斯谈到《霍乱时期的爱情》时说过的那样，我们整个家族都不懂爱情，不通人道，这就是我们孤独和受挫的秘密。

“我的叔叔为了这段爱情背叛了家族，我的父亲从不知道自己所谓的爱情为两个女人带来了多少痛苦。”

阿什夫忽然停下了脚步，望着灯火闪烁的品川港，自言自语一般说：“很可能我也一样。”

风声呼啸，但路捷还是听清了这一句。

十二

2 月初的冲绳比想象中寒冷。路捷就读的项目将寒假的实地考察设在冲绳，于是她和同学一起搭乘航班前往冲绳的首府那霸。

在冲绳停留的几天里总是浓云密布，很少能够看到天空。这是日本最南端的国土，是如今的那霸，曾经的首里城。这是个充满悲情的城市，一路从动荡中走来，数百年臣服于中国的明清王朝，当近代风云变幻后栖息于大和民族的羽翼之下，但冲绳岛民对日本的认同并不稳固，很多老年人依然固执地坚守着琉球方言。可是多舛的命运还未铺陈完毕，二战中冲绳是太平洋战场上战斗最为激烈的几处岛屿之一，美军占领时曾发生岛民集体蹈海的悲剧性抵抗。家国不再的悲怆激发了琉球人性格里的阴鸷决绝，但依然难逃被美军托管数十年的命运。即便今天，冲绳随处可见的美军基地依然证实这座岛屿尚不能独立掌控自己的命运。

白天的时间，路捷和同学一起参观冲绳的主要历史景点，夜幕降临后他们在海边流连，大风呼啸，沙滩冰冷。路捷拉上针织外套的拉链，再把一条长围巾当作披肩裹上。同来的伙伴们兴致很高，几个人买了冲绳特产的 Orion 啤酒边走边喝，还有几个人在讨论博士项目的申请书，因为寒假结束后，日本政府资助的国费博士项目就开放申请了。

路捷的手机忽然响起，是阿什夫打来的电话："今天是我弟弟伊克巴尔订婚的日子。"

"恭喜他啊，你一定也很高兴。"

"我希望伊克巴尔幸福，但是我不知道他的选择是否正确。"

“为什么这么说？”

“三年前的夏天，一天晚上我和伊克巴尔去夜市转悠。伊克巴尔说口渴，于是我和他去到一家冰激凌店。那里有最好的现做冰激凌。

“我们点了一公斤杧果鲜奶口味的冰激凌。伊克巴尔一面吃一面打量店里的其他客人。那时已经接近子夜，店里人很少。一个穿着传统sherwani[1]长衫的男孩子走近我们，在桌子对面坐下来。他自我介绍说叫扎法尔，是费萨拉巴德最大地主的侄子。这个家族我和伊克巴尔都听说过，他们的家族产业包括棉田、甘蔗园和杧果园。

“扎法尔是个非常漂亮的男孩子，眼睛很大，瞳孔不是黑色，而是一种介于琥珀色和咖啡色之间的颜色。他的长衫做工非常考究，黄铜扣子上有家族的标志。他和伊克巴尔似乎分外投缘，那天相识以后就经常来往。

“三个月前扎法尔给伊克巴尔介绍了他的远房表妹，据说是个漂亮贤惠的姑娘，今天是伊克巴尔和她订婚的日子。”

电话另一端的声音有点嘈杂，但路捷依然能够分辨阿什夫的情绪似乎非常低落。她说：“那你应该为弟弟感到高兴啊。”

---

[1] 一种高领长款外套。

他说："可是父亲拿不出钱。为了今天的订婚仪式，他把家里唯一的奶牛卖掉了。从此以后家里可能再也喝不到奶茶了。"

他沉默了片刻，然后说："我决定不申请博士项目了。拿到这个硕士学位，我就回到巴基斯坦去做公务员。家里需要稳定的收入来源。"

不等她说什么，他挂了电话。路捷这才发现同伴们已经走远，天空也开始掉下雨滴。

十三

"你有没有爱过哪个姑娘？"坐在公寓楼下的便利店里，路捷问阿什夫。

这天是 2 月 14 日，Daily Yamazaki 便利店里满是情人节限定的商品。在日本，情人节要分成两个来过，2 月 14 日这个是女生送男生礼物的日子，便利店里摆满了各种各样的巧克力。一个月以后的 3 月 14 日被称为白色情人节，那一天则是男生们还礼的时间。

阿什夫对巧克力毫无兴趣，也似乎并不想回答路捷的问题。他坐在便利店的高脚餐椅上，打开一瓶三得利乌龙茶，喝了一口后皱了皱眉："怎么又是没有甜味的？"

路捷笑着说："你不是在巴基斯坦啊，入乡随俗吧。"

"可是在英国喝茶也是甜的。"阿什夫一脸严肃地说，"早茶和下午茶端上来的时候都会配糖。"

"那也不会是你在巴基斯坦习惯的那样甜吧？"

阿什夫不回答，他把乌龙茶的瓶盖拧紧摆在一边，打开一包饼干递给路捷："还记得伊克巴尔拼了命从水里捞起的那两本书吗？"

路捷点点头，拿起两块饼干："它们真的改变了你的命运？"

"中学毕业后我考上了费萨拉巴德农业大学，因为这是唯一一所能为我免除学费的大学。大学期间我的同学们都在忙着追求女同学或者聚会闲聊，对于这些我没有一点兴趣。每天除了上课，我大部分的时间都花在学习英语上。"

"用伊克巴尔给你捞起来的那本双语百科全书吗？"路捷半开玩笑地问。

阿什夫一本正经地说下去："是的，那本书被我当作单词书，反复读了好几遍。大三的时候我觉得自己准备得基本充分了，所以我决定去考雅思。

"可是我没有钱交报名费。我不能去跟父亲要，要了他也不会给我，于是我决定自己想办法。我开始在周末给同学的弟弟妹妹补习英语，收取一点费用。

"我的第一个学生是同班同学穆克塔尔的妹妹，名叫蒂塔。第一次到她家上课，她穿着一身湖蓝色的纱丽克米兹，鹅黄色的杜帕塔头巾在脖子上松松地绕了一个圈。她很聪明，英语的基础也很好，只是语法方面略有不足。在我给她补习的时候，她的哥哥穆克塔尔就坐在我们身后的沙发上看报纸。

"在巴基斯坦，女性受教育不是一件容易的事，富庶的旁遮普省还较为宽容，在靠近阿富汗边境的部落地区，多次发生过炸毁女子学校的事件。蒂塔的家境殷实，正在上高中，父亲希望她能够到英国接受大学教育，把海外留学作为嫁妆，帮助她嫁入豪门。

"给蒂塔的补习大概持续了半年，我终于攒够了报名费，就和蒂塔一起报名参加了同一场雅思考试。让我高兴的是，那次考试我的成绩是 7.5 分，蒂塔也考了 6.5 分。几个月后，蒂塔和我都拿到了英国大学的录取通知。她在利兹，我则去了南安普顿。”

“你们后来在英国有没有见过面？”

“我曾经坐火车去利兹看她。那时她借住在远房亲戚家，见到我来很开心。我们在附近的咖啡馆坐了一会儿。她点了松饼和大吉岭茶，我要了一杯拿铁。她一边往茶里加糖，一边对我诉说她的梦想，说要像希娜·拉巴尼·哈尔一样，成为下院的女性议员。过了一会儿我结了账，离开了利兹。那是我最后一次见到她。”

“为什么？难道你不喜欢她？”

“我不是豪门，也不能帮助她成为议员。我甚至连自己在英国的生活费用都无法负担。”说完，阿什夫把最后一块饼干递给了路捷。

深谷高岸

十四

“为了考雅思，我第一次去了伊斯兰堡。

“从费萨拉巴德到伊斯兰堡并不容易，需要一早去长途车站。10 月初的天气已经转凉，天还没有亮，我和很多人一起挤在车站，等待司机把车开来。有人戴着冬季的普什图帽，也有人穿着羊毛马甲。

“车来了，为了抢到一个座位，大家互相推搡争抢。那时的我完全不知道争抢，所以毫无悬念，这七个小时的路途我都是站过来的。

“到达伊斯兰堡的时候我已经筋疲力尽。车站外的街道上有几只流浪狗，不停地对着我们吠叫。

“第二天是雅思考试的日子，上午笔试，下午口试。第三天我本想去市郊的玫瑰和茉莉公园转转，但后来还是决定去市区的医院看望一个远房亲戚，他刚刚做完阑尾炎手术，还没有出院。

“那是一大早，我一个人穿过嘈杂的街道。那天的阳光特别明亮，街道上的灰尘像跳舞一样，缓缓落下。八点五十分，就在我走进亲戚病房的一瞬间，五层楼高的医院大楼忽然发出吱吱嘎嘎的声音，我眼前的一切好像都开始扭曲。

“我看见有护士从我身边冲向门口，手里还攥着注射器，也看见几个病人家属样的女人瘫倒在地，走廊里有人叫喊：‘地震了！’

“脚下的地板像针织物一样扭动，病房的窗户玻璃开始掉落。我站在原地，脑中一片空白。这时候我看见我的远房亲戚还躺在病床上。顾不得多想，我冲过去背起他。

“我不记得跑出医院大楼花了多少时间，只记得等我们到达医院前的开阔地时，我全身已经被汗水浸透。五层住院大楼的右半边已经开始坍塌。

“后来我从新闻里知道，在震源位于西北边境省的这场里氏 7.6 级的地震中，7.3 万人失去了生命，近 7 万人重伤，350 万人无家可归。

“把亲戚送回家后，我又在伊斯兰堡等待了五天才坐上返程的大巴。后来的日子里我经常想，来时和我一起搭乘大巴的那些人，有多少像我一样平安地回到了费萨拉巴德。”

十五

寒假结束后，路捷的必修课只剩下两门，在学院的大部分时间都花在去图书馆查阅期刊和参考文献上。

3 月 11 日上午是宏观经济学的大课，中午路捷在楼下餐厅吃了个烤青花鱼便当，然后就回到五层研修室上网检索论文。学院的暖风空调开得有点猛，她脱了羊毛外套仍然觉得口干舌燥，于是给自己泡了一杯无印良品的袋装茉莉花茶。

茉莉花的香气从虎牌保温杯的杯口溢出，她把杯子放在笔记本电脑旁，然后继续工作。忽然间，剧烈的晃动从脚下袭来。那是上下跳跃的一种波动，好像地板变成了蹦床。

下意识地，路捷伸手握住保温杯，在剧烈的晃动中把杯盖拧了上去。她身边厚重的防火门剧烈摇晃，墙上挂着的装饰画大幅摆动，身旁来自非洲的同学一脸惊恐，跌坐在地板上。

是地震。

天摇地动持续的时间很长，座椅不停晃动，眩晕感强烈。眼前发生的一切令路捷太过震惊，甚至没有来得及感到恐惧。面前的笔记本电脑还在工作，网络居然还通着。在晃动中，路捷给家人发了报平安的微博私信，然后匆匆下线，切断了电源。

第一波晃动减弱时，开始有人组织紧急疏散。路捷抓起外套，怀里抱着笔记本电脑和满满一保温杯的茉莉花茶，随着人流奔向楼梯。有个日本女孩子在楼梯边双腿瘫软地跌倒在地，然后无声地哭泣。有人伸手拉起她，然后大家继续静默地排队疏散。当路捷终于来到校园的空地上时，她看见对面高层的写字楼顶还在摇摆，玻璃幕墙如同有弹性的镜子，在晃动中反射着阳光。

整个学院的人几乎都聚集在校园里。很多人的惊恐情绪已经过去，有人开始用手机搜索新闻。里氏 9 级，震中宫城海域。日本同学和学校工作人员甚至都不敢相信这个速报的震级，即便在久经震灾演练的日本人心目中，里氏 9 级也出乎他们的意料。几乎所有的国际学生都还未从刚才的震撼中回过神来，每个人心中都在想：这样的大地震如果发生在任何一个人的祖国，可能都不是现在这样的局面。可是这里是日本，是世界上对地震准备最充分的地方。虽然还是惊魂未定，但既然已经安全无虞，很多人心里的好奇和亢奋就渐渐抬了头。开始有人谈笑风生，虽然听起来有些刺耳，但听到他们若无其事的谈话，多少会产生一丝异样的安全感。也有人非常焦虑，不过这焦虑不是来自于自己的安全。一个越南女孩焦急地请求学校工作人员为她拨打十公里外公寓管理员的电话，她的母亲两天前刚刚来到东京探亲，不知不通日语的她现在如何；一个中国男孩子一脸沮丧，在刚才的地动山摇中，他的一杯咖啡全泼在了笔记本电脑上，现在电脑无法启动，可是他需要与在中国的家人联系，不然难以想象家人会焦急成什么样。

不知什么时候，阿什夫来到路捷身边："你还好吗？"

路捷点点头："我不知道你今天也在学院。"

他回答："下午有节海关税则的课程。地震的瞬间日本教授有点惊慌，但他坚持自己拉着教室的门直到每个人都撤出。还记得几天前我跟你讲过在伊斯兰堡的地震经历吗？所幸这次是在日本，真主保佑。"

学院的行政人员打开了电视，NHK 的突发新闻说目前东京的公共交通已经全部停运，局部有突发的小型火灾，建议人们有序疏散，可以考虑前往就近的避难场所。在六本木区域，国立政策研究院就是区役所指定的震灾避难处。

余震还在不时发生，每一次晃动来袭的时候路捷还是有些恐惧，不过恐惧在慢慢减轻。越南女孩的母亲已经联系上，她在公寓间的开阔地，一切平安。学院的工作人员开始陆续返回办公室，坐在电脑前，如同平日一样继续工作。

打开笔记本电脑，路捷看见妈妈和堂妹发来的信息，再次向她们确认安全，然后和阿什夫一起在大厅的角落坐下来，这里正对着打开的电视机，可以看到实时更新的状况。

震中的宫城和岩手遭遇了海啸。混浊的海浪扑上十几米高的防波堤，吞没了房屋和无数的车辆，伤亡数目不详，但情况不容乐观。东京都内的很多公司已经通知员工疏散，一些街道由于车辆太多而出现了拥堵。几处局部的火灾已经被扑灭，没有人员伤亡。

路捷和阿什夫都不通日语。作为中国人，路捷试着从电视滚动字幕的汉字里推断出一些信息，然后断断续续地给阿什夫翻译。画面里闪过超市货架倒塌的情形，阿什夫忽然站起来，匆匆走出了大厅。十分钟后他带着两桶速食面和几块巧克力回来，说："附近的自动售货机基本空了。我们需要想想今晚在哪里度过。"

十六

两小时后，他们决定和其他几个住在台场的国际学生一起走回公寓。天色已经暗了下来，学院前米字旗巷的路灯没有全开，但拥堵的车辆前灯照亮了路面。3 月中旬的夜里还有寒意，他们几个人汇入日本人的疏散队伍中，安静又迅速地向东京塔的方向走去。

路上没有人惊慌失措，每个人都如同参加演练一样，整齐有序地快步行走。不少人戴着安全帽，看来疏散时严格执行了自小接受的防灾程序。手机信号已经基本恢复，有人拨打电话向家人报平安，为了不增加系统的负荷，简短的几句话后就挂断。路边的自动售货机前有人排队，沉默又快速地投币取物，没有人购买多于一瓶的饮料。街道中间非常拥堵，车辆几乎寸步难行，但没有人按响喇叭。

平日里都是搭乘地铁来学院，几个人只是依稀记得台场的大概方向。天色已经完全黑透，他们接近了第一个地标东京塔。塔顶的灯还亮着，红白相间的光和以前并无两样，但是每个人都发现了，铁塔顶端的那根避雷针被震歪了。

阿什夫走在路捷身后，她听见他说："我记得你说过，有个愿望是登上东京塔？"

来到日本之前，路捷曾经规划过自己的梦想清单，春日赏樱以及登上东京塔，是最早写下的愿望。如今在夜色中看见弯曲的东京塔尖，她知道要实现这个梦想，恐怕是很难了。

“你还记得吗，克什米尔大地震发生后，我在伊斯兰堡又停留了五天，才买到回费萨拉巴德的车票？”

“我记得。那时候你害怕吗？”

“我并不害怕，可是那五天里，我妈妈几乎崩溃了。那时伊斯兰堡的通信完全中断，我无法和家里取得联系。

“地震发生时，费萨拉巴德的震感也很强烈，好在家里没有什么损失。妈妈放心不下我，就让伊克巴尔去市区的茶馆寻找父亲，好让父亲想办法打听我的音信。伊克巴尔跑了三家茶馆才找到父亲，但父亲只让他带回家一句话：一切如真主意愿。然后就继续喝茶抽水烟。

“我妈妈听了这句话后什么都没有说，只是含着泪水一遍遍地祷告，直到五天后看见我平安回来，她才痛哭失声。”

“你今天有没有向家里报平安？”路捷问。

“我妈妈是看不到国际新闻的，我父亲看到新闻也只会说一声如真主意愿。”阿什夫的语气冷淡平静。

他们走到轻轨百合鸥线的日之出车站旁，看见工作人员拉起了警戒线，通知线路关闭。二十米外的轨道上，一列空荡荡的车厢停在上面。再向前走就是连接港区和台场的彩虹桥，身着灰色制服的保安依然如常地戴着白手套，做出禁止通行的手势，同时一遍遍通知聚集在此的人们：由于接到余震和海啸预警，彩虹桥暂时处于封闭中。

他们和人群一起，静默地等在彩虹桥的引桥前。夜越发深了，海风拍打在身上，寒意深重。没有人惊慌，但夜风中的静默也会让人不安。好在半小时后他们终于获准进入登桥的步行梯。这是非常逼仄的空间，平日里因为电梯可以使用，这里几乎没有人进入。相当于七层楼高的楼梯，攀爬中没有人停下歇一口气。走在近八百米长的彩虹桥上，每个人的心情都不轻松，不敢想象如果此时发生大些的余震或者海啸，被困在桥上会是什么样的感受。走到桥中央，来自蒙古国的灿达忽然拉住路捷的羊毛外套袖子，路捷什么也没有说，紧紧握住了她冰冷的手。

子夜时分，他们终于回到了台场的公寓。一楼的公共活动室里，电视播放着震灾直播新闻，不少人聚集着聊天，气氛安宁平静，好像是来参加一场灵修聚会。

电视新闻里的海啸预警尚未完全解除，但预警显示东京港的浪高不会超过两米。几个小时的紧张和长途步行让路捷觉得非常疲劳和困倦，她决定回到自己的房间去。

没有搭乘电梯，路捷一个人走进楼梯间。粉刷成苹果绿色的楼梯上，清晰可见不少开裂的痕迹，一些地方还有墙皮脱落。四楼的走廊非常安静，不知道邻居们现在都身处何方。打开房门前路捷做好了一片狼藉的思想准备，但眼前的场景让她安心不少：除了跌落下书架的几本书，冰箱离开了原来的位置十几厘米外，房间里一切如常。

热水器和冰箱都还在工作。路捷用热水洗了脸，把冰箱里的几瓶饮料取出来，从壁柜里拿出一条羊毛毯，将这几样东西和相机一起装进旅行袋里，放在床头。然后她和衣躺下，怀抱着有自己气息的枕头，拉开棉被盖上。

迷迷糊糊中路捷接到了阿什夫打来的电话，他嘱咐她注意安全，然后说声晚安就挂断了。

十七

那一夜余震和新的地震不断，路捷开着电视，里面不断传来地震速报和海啸预报。太过困倦，每次她只是勉强睁开眼睛看上一眼，然后就继续昏沉睡去。

第二天清晨的阳光和往日没有任何不同，路捷甚至对昨天发生的一切感到恍惚。和妈妈通了电话，路捷将话筒放在电视机的扬声器前，让妈妈听到日本主播平静如常的声音，但是路捷没有告诉她，主播们播报的内容是：福岛核电站的一号、二号机组可能发生了泄漏。

路捷拉开冰箱，发现里面几乎空空如也。她想，灾后的紧急状态会持续一段时间，必须有足够的食物储备，于是拿起背包出发去超市。

平日搭乘的百合鸥线轻轨还在封闭中，路捷穿过青海一丁目走路去台场的超市。社区的游乐场里有两个年幼的孩子在滑梯上玩耍，路边的蒲公英也已经开花，似乎什么异常都没有。超市里也几乎一切如常，主妇们安静地挎着购物篮，冷鲜区的冰柜依然散发着寒气，路捷挑选了新鲜的切片鲔鱼和速冻的生饺子。

但是面包和牛奶的货架空空如也，瓶装饮用水区也空出了大排的货架，上面还贴着一张告示：每位顾客每天限购一瓶饮用水。

“看来我们来得有点晚了。”

路捷回头，发现是阿什夫，他的购物篮里是饼干和能量饮料。他们一人拿了一大瓶矿泉水后，结账走出超市。

几辆消防车和警视厅的车辆从他们面前驶过。阿什夫说：“以前我总认为日本社会太过疏离冷漠，没有陌生的日本人和我说过话，甚至没有人主动看我一眼，他们总是匆忙赶路，或者对着手机屏幕发呆。昨天地震后，我对日本的印象完全不同了，如果不是这场灾难，我不会知道日本民族的纪律性如此之高，更不会相信他们可以如此镇定。在灾难面前，没有人惊恐和抱怨，这在其他任何国家都是无法想象的情况。

“我没有看到任何建筑物严重受损，那是因为日本人一直在为抗震做着准备。他们几乎从一出生，就在经受不间断的预警训练，并用一生等待未知的灾难。昨天地动山摇的瞬间，很可能他们感受到的不是恐惧，而是终于到来的释然。

“我甚至想，面对这样巨大的自然灾难，日本人是不是表现得过于冷静了？今天早上我看到直播的记者会上，菅直人首相数度哽咽，看来镇定之下也有着人性的波澜。倒是很多外国人表现得非常惊恐，听说成田和羽田机场都已经人满为患了。”

“阿什夫，你会离开日本吗？”

“我的一切都在真主掌握中，如果真主意欲，我在哪里都会一切平安。你呢，会离开吗？”

路捷抬头望向几只飞过的海鸥：“我想不会。”

十八

突如其来的地震打乱了每个人的生活节奏。学院的工作人员在群发邮件中通知大家：即日起停课两周。

不必去上课，时间一下子变得充裕。但这并不是假期，除了不时发生的余震和核辐射扩散带来的困扰，在无所事事中等待未知的感觉也并不好受。

虽然不通日语，路捷还是一直把电视频道锁定在 NHK。地震发生的第三天后新闻报道内容转向，不再是不间断的灾难现场直播，取而代之的是对东京及周边交通情况的通告，以及温馨励志的公益广告。

她站在料理台前清洗一只高脚杯，然后拧开一瓶澳大利亚红酒。醒酒的时候，打开电磁炉，开始煎一盒饺子。电视屏幕的右上角忽然出现里氏 7.1 级地震的速报字样，还伴随着急促的提示音。几秒钟后，地板传来晃动。

不是没有恐惧，但对日本建筑的信赖和提前数秒的速报已经能够带来足够的安全感。路捷继续煎完饺子，平静地开始阴雨黄昏中的晚餐。

月缺荷叹

十九

尽管余震和核辐射的阴云笼罩不散，这个春天还是到来了。气温逐步上升，白天打开通向阳台的推拉门也不觉得有寒意。路捷搬了一把椅子到阳台上，一边晒太阳一边看书。

忽然门铃响了，打开房门一看，是阿什夫。他站在门口有些拘束：“我有没有打扰你？方便进来吗？”

路捷多少有些吃惊。自从搬进这间公寓，她还没有接待过任何客人，但让阿什夫站在门外绝不是待客之道。

“你是我第一个客人，请进吧。”

阿什夫进门后站在玄关，迟疑着要不要脱鞋。路捷招呼他不必多礼，毕竟她不是日本人，但阿什夫还是脱了皮鞋，路捷只好找出自己的淋浴拖鞋递给他。

进门后阿什夫递给路捷一个袋子，说："如果你不介意，我打算在你的厨房里给你做一顿巴基斯坦油咖喱鸡。"

路捷想，这就是阿什夫的方式，总是用最礼貌的方式让人接受他略显唐突的安排。

十几分钟后，路捷把一杯煎茶递给刚刚切好鸡肉的阿什夫，然后自己也端起一杯茶，站在水池边看他熬制咖喱。

"你知道这鸡肉有什么不同吗？"

路捷摇摇头。

"这是专门从贩售清真食品的印尼商店买来的。"阿什夫一边把姜黄、肉豆蔻、胡椒等几种不同的香料绞碎、混合，放进已经半熟的鸡肉里，一边说，"穆斯林只能吃清真的食物。刚到东京的时候，我有整整两个月都没有找到清真食品超市，于是吃了两个月的素食。"

"日本的穆斯林很少，你在这里生活有很多不便吧？"

“光是素食倒也没什么，问题在于很多时候我不能读懂食品的配料表，还有很多时候到餐馆点餐，服务生不能把食材的构成向我讲明白。所以现在为了谨慎起见，我尽量自己做饭。”

“那可为难你了，你说过巴基斯坦男人不下厨的。”路捷继续揶揄他，但他好像并不介意。

“除了礼拜和祷告，我妈妈的全部时间几乎都花在了厨房里。从小我就看着她打馕、做咖喱，看得多了，自然也就会做了。

“我母亲不太擅长厨艺，父亲迷恋舞女不太回家后，她对一切几乎都是意兴阑珊的。伊克巴尔后来就跟着我，吃着我妈妈做的咖喱长大。很多时候我妈妈看见母亲生活得太潦草，还会让伊克巴尔带几张馕和一碗咖喱给她。”

听着阿什夫在“母亲”和“妈妈”这两个词语间来回转换，路捷感慨道：“在这样的家庭成长，你不觉得生活太过复杂吗？”

他继续炒制咖喱，平静地说：“我别无选择。”

半小时后阿什夫的油咖喱鸡做好了，路捷从冰箱里翻出一盒木棉豆腐，加了日本酱油和一把木鱼花做成冷奴，然后又清炒了一盘鸡毛菜。阿什夫把两张速冻的馕放进平底锅里双面煎熟，这顿综合了中国、日本、巴基斯坦风味的午餐就做好了。

路捷从冰箱里取出用真空塞封着的半瓶红酒，打算用来佐餐。阿什夫不等她打开就把整个酒瓶扔进了垃圾桶："穆斯林严禁饮酒。"

"可我不是穆斯林。"

"那你也需要学习一些《古兰经》的知识。"

二十

地震发生三周后，学院给每个学生发来邮件，通知 4 月 1 日新学期如常开始，不但要复课，还需要对前三周落下的科目进行补考。各门课程的教授也纷纷发来邮件，布置作业的有之，要求提交报告的有之，通知考试时间地点的也有之。一时间路捷的生活被作业、论文和准备考试占据，即便还有不时发生的余震，也不能引起她更多的关注。

4 月 5 日，是必修课《政府与市场》的期末考试时间。学院的大多数教室还空空荡荡，穿过五楼长长的走廊，很远就能看见教授这门课的藤泽先生站在考场外面。

《政府与市场》这门课是冬季学期的必修课，授课的老师一直是由日本大藏省的处长级官员担任。开课的第一天，路捷和很多同学一样，原本对教授这门课的藤泽先生非常期待。藤泽先生是大藏省的资深公务员，毕业于东京大学法律系，曾经被日本政府选派到哈佛大学进修。他的课程一望而知经过精心准备，每堂课开始前，他的助手都会把装订好的讲义发到每个人手里，几乎每次的讲义都超过五十页，整齐的排版，双面彩打，英文规范，绝对没有拼写错误。

可是藤泽先生一开口，很多人就不由得叹一口气。日式英语发音，加上他郑重其事的面无表情，听不到十分钟就让人纷纷走神。几堂课后大家还发现，他在课堂上的每一句话都能在讲义里找到，看来为了严谨不出纰漏，他绝不愿做任何当堂发挥。于是来听这门课的人渐渐少了，即便来听课的，也有不少人是边刷脸书边画讲义而已。

看得出藤泽先生对这样的局面不满意，甚至感到在助手面前有些丢脸，但是将近一个学期过去了，这门课的讲授方式也没有任何改变。好在他从不布置作业，也不点名，所以即便是最刺头的学生也没有想起去行政人员那里反映他的授课质量。

突如其来的地震把藤泽先生的最后三堂课全部取消，但他的助手还是如期发送了讲义的电子版到每个人的邮箱。学院通知复课后，他的助手又在第一时间发送了期末闭卷考试的通知。

不到一周的时间要准备这门课的闭卷考试，对着厚厚的参考书和几百页的讲义，路捷觉得顺利通过有点难度，因此走进考场时多少有些惴惴不安。藤泽先生还是面无表情，严肃地站在考场外的走廊上，他的助手一一核对入场者的身份证和学生证。考试铃声响起的时候，这个考场只坐进了十二个人。

地震发生后，很多欧美的学生第一时间离开了日本。路捷记得地震后的第三天，来自新加坡的华人同学 Kevin 在学院门口遇见她，压低了声音用汉语说："在生命安全和这个可有可无的学位之间，咱们要做个选择。"然后他就花高价买机票离开了日本，再也没有回来。

因此《政府与市场》这门课注册的学生虽然很多，但 4 月 5 日考试的那天，偌大的教室里只有十二个考生和藤泽先生以及他的助手。

考试的内容是六道案例分析，都是教科书中经典内容的翻版。不是太难的考题，两小时的时间也很充裕。考试结束，助手将答卷收走后，藤泽先生做出了让每个人都很吃惊的举动。在考生依次离开考场时，藤泽先生站在考场的后门，向每一个人深鞠九十度的一躬，大声地说："感谢你来考试，感谢你支持日本。"

后来路捷听说，注册这门课的每一个人都获得了通过，而那天参加了考试的人，都得到了 B 以上的成绩。

二十一

那个春天东京的雨似乎特别多。

小雨落了一夜，在浅梦的间隙，路捷惦念着已经在枝头绽放的早樱，睡得不安稳。一早起来发现雨已经停了，天边还有些低垂的雨云，空气温润潮湿，光线柔和，是适合拍摄樱花的天气。她穿上防雨风衣，背着相机出发。

走到公寓楼门前的 Daily Yamazaki 超市，路捷进去买了一个春季限定的樱花豆沙馒头和一罐热咖啡。走出超市的时候，正看见阿什夫从电梯间走出来。

“真巧，你也去赏花吗？”看见他也拿着一台索尼数码相机，路捷猜他的目的地也是某个赏樱之处。

“浜离宫恩赐园，你觉得怎么样？”

“反正我没有明确的目标，不如一起去。”

搭乘百合鸥线到汐留，下车后走大约一公里，看到朝日新闻的巨大广告牌后就到了浜离宫恩赐园。这里是德川幕府末期将军的猎鸭场，建立在海边一整片芦苇地上。明治初年，随着日本开关，临近海边的浜离宫被改建为天皇接待外国使节的迎宾馆，1945 年整饬后的浜离宫作为都立庭院向民众开放。

庭院的中央是著名的潮入之池，这是利用潮汐涨落展现造园之美的典范。潮入之池的中央有中岛茶室，站在茶室门前，远可眺彩虹桥，近可观池边的吉野樱。

正是樱花满开的时节，池边一片嫣红，不时还有花瓣飘落水中。这里并非东京都内最著名的赏樱之地，游人很少，只有几个身着西装的公司白领和推着婴儿车走过的年轻母亲。

从潮入之池走到鸭冢的一段路非常静谧，硕大的乔木下有疏淡的芦苇，临近正午的阳光穿透叶丛，落在脚下的小路上。不远处有一畦油菜花田，蜂蝶萦绕，花开得正好。一对身着传统服饰的新人，正在摄影师的指导下，以金黄的油菜花为背景拍摄新婚照片。

阿什夫注视了这对新人良久，转身离开时问路捷："是什么样的勇气，让他们敢于走进婚姻？"

"大多数人认为婚姻是人生的常规套路，并不存在需要勇气的地方。为什么你对婚姻有这样的恐惧？"路捷反问他。

他似乎不想直接回答："我们每个人来到这个世上都在不断面对风险。命运不由我们控制，天时的安排我们并不知晓，如同盲人骑瞎马一样闯荡世间。一个人生存已经多有不易，如果要加上对家人的责任就更是沉重，为什么还有人敢于将自己的生命与另一个人联结，从而有可能引入更多更大的风险？"

路捷说："婚姻原本就是责任，意味着你承诺从此愿意为另一个生命承担无限的责任。如同基督教的结婚誓词：从今天开始相互拥有、相互扶持，无论是好是坏、富裕或贫穷、疾病还是健康，都彼此相爱、珍惜，直到死亡将我们分开。"

阿什夫沉默了片刻，说："但我在现实中并不曾见到这样理想的婚姻。我父亲迎娶我妈妈时并没有人逼迫，我看过他们的结婚照，那是一副幸福的样子，但其后的生活绝称不上美满；我也目睹了父亲与母亲相处的这二十多年的时光，眼看着他的热情消逝，把她一个人留在孤独和痛苦中。无论是爱情还是责任，都没能确保这两个女人在婚姻中的幸福。我记得妈妈在厨房里一边烤馕一边默默哭泣，怕被我发现，装作是被洋葱刺激落下的眼泪；我也记得母亲跪坐在窗边的地毯上，整整一天不发一语。而那个对她们的幸福负有法定义务的丈夫，在烟雾缭绕的水烟馆里，和放浪的舞女消磨着一天又一天。"

"你父亲的行为给你留下了阴影，但这并不意味着世上就没有和谐的婚姻。”

“我七岁那年，我们还住在拉合尔的大宅子里，家道也还没有完全衰败。一天，一个托钵的罗曼人来到我家门口，用人给了他一点食物后他也没有离去，直到看到放学回来的我。

“那天我穿着簇新的校服和皮鞋，司机为我打开车门，我蹦蹦跳跳地下了车。那个肮脏的罗曼人一把抓住我的手，说：‘愿天神保佑你，远走他乡，穿越灾难，逃脱家族男人的宿命。’

“年幼的我并不理解他说的这些话，但我家的司机非常生气，冲上去赶走了那个罗曼人。后来我经常想起他的话，也不断思考他所谓的家族男人的宿命是什么。”

阿什夫又沉默了一会儿，说：“我只知道这个家族的每一个男人都在爱情里犯了错，给女人带来痛苦。难道我会是下一个？”

二十二

5 月初的天气晴朗明媚，海风变得柔和，硕大的云朵在夕阳光辉的笼罩下，静静地飘过东京港上空。

路捷常常站在阳台上，望着云卷云舒。

那是路捷生活里相对平静和空闲的一段时间，以往在中国的工作已经从生活里淡去，家人也只是隔海遥念。所有的必修课都已结束，论文进展顺利。核辐射的阴云已经渐渐散去，余震也越来越少。除了带着相机在东京四处逡巡，她有大把的空闲时间用来独处，或者到附近的大型购物商场 Venus Fort 购物。

周五上午十一点，阿什夫按响了路捷房间的对讲门铃。他站在 B 幢楼下的门厅外问：“十分钟后你能准备好吗？我们去趟横滨如何？”

还是这样，在最出乎意料的时候，用礼貌的方式提出强势到不容反驳的请求，丝毫不给路捷以拒绝的余地。

好在路捷没有其他的安排，提起相机包就可以出发。一小时后，他们坐上了从品川开往横滨的急行电车。

作为日本第三大城市，横滨好像被掩盖在了东京的光环之下。自从 1859 年横滨港开埠以来，这里就更多地被视为东京的外港，并作为辅助东京的京滨工业区的一部分而存在，甚至四十分钟的电车车程，也并不会让人产生离开了东京的感觉。

到达的时候正是午后，著名的红砖仓库前游人不多。这是明治末期为了配合日本开放海禁、进行国际贸易而修建的码头仓库，红色的砖墙和大屋檐的形态很有欧洲的风貌。

阿什夫买了两个杧果口味的冰激凌甜筒，他们在红砖仓库对面的长椅上坐了下来。

他说："这里让我想起在南安普顿的时候。

"南安普顿人口不多，却是英国非常重要的港口。刚到那个城市时，我曾经一个人搭乘公共汽车去了码头和船坞，对着起航驶向法国的巨大班轮孤独地招手，如同我有亲人朋友在船上远行。出生成长在巴基斯坦内陆的我，在南安普顿第一次见到大海。

"我的雅思成绩不错，申请材料也很充分，得到南安普顿大学的录取通知和部分奖学金并不出乎我的意料，出乎我意料的是除了这所大学，其他学校竟然都没有给我免除学费的待遇。所以我别无选择，只好到南安普顿就读公共卫生管理的硕士项目。

"和很多英国城市不同，南安普顿的印巴后裔很少，可能因为这里是航运中心，物价高企的缘故。我在学校附近找了一个寄宿家庭，住进了他家顶楼的小房间。房东是一对脾气古怪的老年夫妇，对房间的使用和维护有许多奇怪的要求，比如大门口的脚垫一定要在晚上十点前卷起来收好，这样社区的流浪猫就不会在上面过夜；比如如厕后冲完水一定要把马桶盖盖起来，原因是什么我不清楚。

“我在南安普顿一共生活了十个月。这十个月里，我的生活只有一个主题，那就是如何赚到足够的生活费。在这个物价高出费萨拉巴德近十倍的城市，我每花一分钱都精心计算，甚至不顾法律规定，尝试着打黑工来养活自己。开始是在果蔬店帮老板上货，这意味着我凌晨四点就要到店铺后门去卸货拆箱，后来我还替地产中介发过广告，但打这样的零工养活不了我自己。

“由于总是在寻找赚钱的机会，我缺课的时间越来越多。渐渐地，我发现自己即便坐在课堂上也无法集中注意力听课了。巴基斯坦有句谚语：‘贫穷是有牙的。’意思是贫穷会咬住你，让你痛苦。在南安普顿的那些日子，我理解了这句话。

“半年后我的成绩单上开始有不止一个F出现，这意味着我在那些课上拿不到学分，摆在我面前的选择是花钱重修或是放弃学位。我的精神压力越来越大，开始整夜无法入睡。那些日子，我一个人站在阁楼上，看着天色转暗，夜色笼罩的街巷逐渐安静下来，邻居家的灯火依次点亮又依次熄灭。我无法入睡，不知道自己该如何生活下去。然后漫漫长夜被朦胧的晨曦取代，新的一天到来。

“在南安普顿的最后几天，我的情绪低落极了。挂科、找不到工打，房东已经是第三次催交房费了。到英国留学曾经是我的梦想，但我最终决定放弃这个梦想。

“我厚着脸皮给住在纽卡斯尔的叔叔打了电话，请他借给我两百镑，让我能够买机票回到巴基斯坦。叔叔在电话那边沉默了很久，最后只说了一句：‘代我向你父亲问好。’一周后我收到了他的银行转账，当即买了第二天的机票。

“我几乎是逃离英国的，行李箱里只有几件自己的旧衣服，什么礼物也没有买。我没有向房东道别，因为我还欠他们最后一个月的房租。我想房东太太会在打扫房间时发现我留下的字条，她的丈夫看到后一定会大发雷霆。

“妈妈比我离开前老了一些也胖了一些，伊克巴尔的上唇冒出了胡楂，母亲站在院子里的阴影下望着我，脸上微微有些笑意。父亲在我到家的第二天才从茶馆回了家，看见我的时候他脸上闪过的表情是厌恶，在他曾经如鱼得水的国家，他的儿子竟然如同战败一样落荒而逃。而我在发现家里的菜窖里连土豆都没有的时候，也对他产生了深深的鄙夷。

“从那时起，我和父亲就再也没有说过话。”

二十三

6 月 11 日，气象厅的通告说关东地区正式入梅。超市里最醒目的货架上开始摆放新鲜的梅子。大颗的梅子呈现饱满的绿色，是制作渍物的上佳食材，用盐腌制后，会由内而外散发既涩又咸的滋味，空口吃虽然过于强烈，但包在紫菜饭团中或是放在茶泡饭上，都能令寡淡的食物焕发光彩。小粒的梅子看起来非常接近苦杏，在绿色中透出一抹金黄色，用来酿制梅酒最为合适。

阴云密布的午后，路捷从超市采购回一大袋小粒梅子，清洗后沥干水分，一层梅子一层冰糖地铺放在敞口玻璃瓶中，然后倒进三十五度的 white liquor 烧酒，密封好后置于房间的阴凉处。接下来的步骤就交给时间，最快两个月后就可以饮用。刚酿成的梅酒果香浓烈，直接入口最为适宜；如果酿造超过十个月，酒体会变成近似琥珀色的黏稠状态，加冰或者兑入冰镇的苏打水会更为顺口。

其实入梅一周前就已经开始连绵不断地下起雨来，晾在阳台的衣物几天都不能干透，路捷这才意识到，节气真的不同了。从小生长在北方的她，没有梅雨的经验，对着时断时续的雨丝心存好奇，也还未习惯几天前还是晴朗干燥的东京，如今被浓浓的阴翳笼罩。

阿什夫显然也很不适应，不知道如何消磨时间才好。于是他打电话请路捷到他的厨房去，说要烹制一道南亚特色的甜点心给她。

虽然刚过正午，但因为浓云密布，十一楼公共厨房的光线非常暗淡，午餐后没有摆放整齐的餐具，让这里显出破败之感。空气里残留着饭食的味道，闻起来像是添加了椰奶的青咖喱。

阿什夫从橱柜里取出一小袋印度长米，淘洗干净后放进敞口平底深锅，然后向里面倒进一升的全脂牛奶，开火熬煮起来。每当牛奶即将沸腾时需要把锅端离电磁炉片刻，否则汤水会扑出来。阿什夫搬了一把椅子坐在炉灶边，不时搅动长米，偶尔再添加一些牛奶进去。

他一边看着火候一边说："这是在整个南亚次大陆都很普遍的甜食，叫作 kheer。我妈妈从小喜欢甜食，家里养着牛的时候有充足的鲜奶，因此她总是为我们做这道甜点。我下午放学回到家，经常能闻到厨房里甜甜的奶香，就像现在这样。"

干燥的印度长米名副其实，有日本大米的三倍长。随着熬煮，长米吸足了水分后充分膨胀，每一粒都有接近两厘米长。但这离 kheer 的要求还差得很远，阿什夫一点点添加牛奶，始终保持锅里的液体处于将要沸腾的状态。长米熟透后，他开始用木铲击捣，然后逐渐加进两大杯的白糖。

汤汁渐渐黏稠，锅里再看不见完整的米粒。阿什夫加入豆蔻、肉桂和腰果碎，关火，盖上锅盖。

“这不是一道热点心，要等它凉到常温后再放进冰箱冷藏一下。”

在等待 kheer 冷却的时间里，他们泡了斯里兰卡红茶喝。阿什夫说：“每次看到 kheer，我都会想起我家在拉合尔时的厨房。那是两进院子里最大的一个房间，也是最黑暗的一个房间。卖掉工厂前，我们还雇有女佣，她每天去附近的集市边打水回来，但后来打水的事情就落在了我妈妈身上，她因此落下了腰痛的毛病。为了节约开支，我早早就学会去荒地里捡拾柴火。有时候捡回来的柴不够干燥，点燃后散发出大量的烟气，会把做饭的妈妈呛得睁不开眼睛。

“那时我便觉得女人的生活真苦。只因为是女人，我的妈妈没有受过教育，她甚至连家里的挂钟都不认得，每天要靠听附近清真寺的唤礼声来掌握时间。她几乎从不出门，唯一一次独自去集市，她穿上硕大的布卡，把自己从头到脚全部遮住，只通过眼前的一块纱布看到模糊的外界。回到家后她因为疲劳和对陌生世界的恐惧而筋疲力尽，从此以后几乎不再迈出家门。

“我的父亲从没有对女人的生活予以关注，他沉浸在自己的世界里。他曾经买给母亲的那架钢琴，并不是因为母亲喜爱钢琴，而是因为他觉得在欧式的卧室里摆一架钢琴更好看。他迷恋费萨拉巴德地下舞场的某个脱衣舞娘，热烈追逐后又把她抛在一旁，他从来没有想过，那个女人曾经将全部的生活希望寄托在他身上。他也从未理会过我妈妈流下的泪水，总是将她留在破败的厨房里，在烟熏火燎中孤独地度过一天又一天。

“所以我下定决心，如果不能给自己的妻子带来幸福，那我宁可一个人过这一生。”

“如果你能够让妻子幸福，你会娶几个妻子呢？”

阿什夫愠怒地看了路捷一眼，没有回答。

两小时后，阿什夫从冰箱里取出 kheer，连同一把勺子一起递给路捷。奶香十足，口感接近于大米布丁。但是肉桂放得太多，这碗 kheer 有点苦涩的味道。

二十四

午睡时分的一次轻微余震把路捷唤醒。

入夏以后，余震渐渐减少，电视里的震灾新闻也慢慢消失，日本的生活逐步回归正常状态，路捷都已经淡忘了床头摆放的应急包，里面的瓶装水还是超市限购那段时间买回来的。

已经是临近黄昏的时分，这个午觉睡得略长了一些。路捷起身去卫生间洗漱，一边刷牙一边观察自己。到日本九个月来，体重一直在缓慢下降。消瘦的原因主要在于饮食的改变。逐渐习惯日餐，在饭量下降的同时，摄取的油盐也越来越少。口味益发清淡，全部的调味品不过是盐、酱油和寿司醋而已。很少炸炒，大多数时候就是用一条煎鱼和味噌汤来搭配米饭。

对食物的欲望逐渐降低，同时也发现味觉变得敏锐。在北京时常感觉无辣不欢，但如今冷豆腐上的一点木鱼花都觉得清香四溢。几乎完全戒除了零食，偶尔小酌梅酒时，路捷会用平底锅焙烤小鱼干，再搭配一碟芝麻拌裙带菜。

时间久了，开始感到身体变得轻盈，心境也越发平和。

唯一的软肋，在于还是会感到孤单。尤其是这样天色渐晚、暮色笼罩的时分，一个人站在阳台上眺望云卷云舒，房间里安静到能够听见闹钟秒针跳动的声音。当天全部的工作都已经做完，地板被仔细擦过，料理台上摆着清洗干净的碗筷，晾晒了一天的衣物也已经收叠整齐，路捷再也找不出一点事情做，只能在阳台上静默站立，一声不响地度过寂寞的黄昏。

忽然手机响起，是阿什夫，他说：“你抬头往 A 幢这边看。”

路捷看见阿什夫也正靠在阳台的栏杆上，身后的落地窗全部打开，橘黄色的灯光映出了他的剪影。

“晚上如果没有别的安排，我们一起出去走走吧。”这次是路捷主动邀请他。她实在不想一个人待在房间里，希望能有个人说说话，好把即将到来的漫漫长夜压缩得短一些。

“那我们就去上野。”他回答得很痛快。

先搭乘百合鸥线，然后在新桥站转乘银座线。正是下班的高峰时段，电车里非常拥挤。出梅后气温飙升，地铁车厢里张贴着预防中暑的贴士，很多人从口袋里掏出手帕不停擦汗。电车到日本桥时，路捷看到阿什夫的腋下被汗水洇湿。

上野站前有家精致的文具店，路捷在里面兜兜转转，买了一支 PILOT 可擦中性笔。阿什夫在店外等她，没有不耐烦，但对路捷的购物过程也显得全无兴趣。

天色已经黑透，微微起了夜风。他们漫无目的地走，不知不觉到了不忍池畔。夜色中看不清荷花是否已经含苞待放，但夜风中荷叶摇动的声音清晰可辨。

路捷在一张长椅上坐了下来，对阿什夫说：“著名导演黑泽明在灵感匮乏之时常来不忍池边静坐。他说如果你不能听到荷花绽放和掉落的声音，那你的心便不够细腻敏感。”

“有一颗细腻敏感的心，究竟是不是一件好事？”阿什夫看着路捷反问，“这几个月来我一直在脸书上看你拍的照片。你的照片是你个性的投射，一望而知出自敏感的心灵。可是你告诉我，你因为敏感而觉得快乐吗？”

路捷不知道怎么回答，一时语塞。

阿什夫也沉默，他们就静静地坐在不忍池畔，听初夏的夜风掠过荷叶，发出叹息一般的声音。月亮渐渐升了起来，月光洒在池水上，有细碎的反光。

阿什夫轻声说：“从小我就发现自己对细节有着念念不忘的能力，我记得每一个对我微笑过的人，也记得那些在家里经济情况恶化时像躲瘟疫一样躲着我们的亲戚。我记得父亲在外面的声色犬马，更记得妈妈的眼泪。我不会忘记伊克巴尔在学校里受欺负时我冲上去为他大打出手，也记得看见他偷了母亲的零钱去水烟馆时我的惊讶与失望。这些敏感的阴郁部分可能来自我的基因，也可能来自过往的经历。”

他叹了口气：“过去的生活一直压在我心里，压得我透不过气。所以这些年我一直试图控制自己性格里的阴郁部分，一直在努力克制回忆，努力让自己忘记。”

“你真的能够做到忘记吗？”路捷问。

“很难。挑战天性是非常难以成功的尝试，但为了幸福就值得尝试。我经常观察我的妈妈和母亲。虽然同为婚姻不幸福的女人，但她们对待命运却是完全不同的态度。我妈妈每当伤心难过就会流泪，那是我见过最大颗的泪珠，无声地从她的脸上滑落下来。看见她流泪的人都会被痛苦感染。可是片刻之后唤礼声响起，妈妈会立即恭敬虔诚地起身进行礼拜祷告，并且真心实意地希望真主引领她的丈夫遵循正道。然后她会恢复平静，如同什么都没有发生一样，去打水做饭。

“但母亲不同。在我印象里，她总是一个人坐在房间的窗下，一坐就是一个下午。她的脸上什么表情也没有，我不知道她在想些什么。有时她抬起脸来，我就看见一双空洞无神的眼睛，一点也没有当年的神采。

“相比起我妈妈，我更加担心母亲的精神状况。她的不如意全累积在心里，没有释放的途径。这样一颗敏感的心灵让她受了更多的苦。倒不如像我妈妈那样单纯鲁钝，可以在祷告之后忘记一切。”

“但即便能够忘记，这些事情就可以如同没有发生过吗？”路捷知道继续追问会触动他内心更深处的伤痛，但还是忍不住问。

他摇头，叹气的声音如同一大束荷叶在风里摇摆：“我愿意相信是这样。”

然后就陷入长久的沉默。

二十五

6 月末学院再次组织集体出游，这次是前往岐阜和福山县交界处的白川乡。

大巴从六本木出发，漫长的一天车程后夜宿福山。这是座平淡的小城，夜幕低垂后连车站前的商店街都空空荡荡。但第二日的旅程一开始就出乎意料。大巴辗转爬上黑部高原时，眼前的景象让路捷不能相信自己的眼睛。这里完全不是初夏的样子，六级大风呼啸着扑面而来，风中的水汽凝聚成似雾又像冰的珠粒，扑打在车窗上。气温随着海拔的攀升逐渐降低，来到黑部山脉的顶端时，已经降到了个位数。眼前酷寒苦绝的环境，让人难以相信这样的山间还有为数不少的居民。在如此严酷的情形下生存，需要异乎寻常的忍耐与决心。

对比之下，山坳中的白川乡简直是世外桃源。

从黑部高山下来，山路两侧绿意渐浓。雨雪退去，车窗外的阳光也有了暖意。到达时临近黄昏，夕阳斜斜地照射下来，整个合掌村沉浸在静谧安然之中。

传说白川乡合掌村是由13世纪初战败逃遁的平氏家族开创。这里是日本中部年降雪量最为富集的地区之一，每年冬季的积雪都会超过数米。为了防止厚重的积雪把屋顶压至崩塌，当地居民就地取用茅草和树干，以极其陡峭的坡度搭建屋顶。呈人字形的屋顶形似合十的手掌，因此这个村子便以合掌村闻名，并在1995年被列入世界文化遗产名录。

整个黄昏，他们一行都在合掌村中游荡。这个小小的村落似乎脱节于整个繁华的日本。村庄里的住民或是在接待游客或是在田间耕作，时间在此地仿佛被冻结，摩登、快节奏的东京似乎已经游离天外，此时此刻，白川乡只有静谧安然。

路捷看见阿什夫一个人在稻田间徘徊。白川乡的土地并不充裕，村民精耕细作，但也有人在实用之外花些心思，在地脚田头种植雏菊与旱莲。阿什夫徘徊的地方，是某户人家开挖出的一块方塘，放养着硕大的锦鲤。

看见路捷走过来，阿什夫说：“在日本庭院里看见过很多次锦鲤，一直不太喜欢这种生物。它们被人类创造出来，就是为了装饰庭院。与其说它们是生命，不如说是活着的装饰品。

“这里的环境古朴自然，稻田中间的一方池塘似乎完全不同于那些刻意精美的庭院，但对于这些锦鲤来说，又有什么区别？庭院也好，稻田也罢，没有畅游在江河湖海的自由，再美丽的锦鲤也不过是漂亮的囚徒。”

阿什夫一口气说完这段话，就在田边的空地上坐了下来。路捷默默地跟了过去，递给他一块铜锣烧。出发两天来，她知道他的饮食多有不便。大巴停在休息区的时间短促，对不通日语的阿什夫来说，很可能连在超市挑选食品的时间都不够。福山和岐阜并非国际化的城市，餐厅服务人员的英语水平更是难以指望，而且他又拒绝吃生鱼，所以路捷估计昨晚阿什夫就是靠巧克力撑过来的。

他接过铜锣烧，默默地吃完，把包装袋折叠好放进牛仔裤的口袋，说：“看见这些锦鲤，我就想起妈妈和母亲，她们也一样，是被剥夺了自由的囚徒。

“在巴基斯坦，女性的地位远不像你们在新闻里看到的那样。贝·布托和所谓的美女外长，那是政治门阀家族的代言人，平民阶层女性的受教育权都无法保障。费萨拉巴德更是保守的地方，我们搬到那里后，妈妈和母亲的生活就更加不容易。没有成年男性陪同，她们甚至连去市场的行动能力都不具备。即便在开明一些的拉合尔，我妈妈需要的针头线脑或是衣裙面纱，都需要请求我父亲或者是她的兄弟去帮她购买。你能想象你的香水或是唇膏，需要请求其他人去帮你购买的情形吗？”

路捷摇头。

阿什夫接着说：“更严重的是，她们从小便接受了这样的命运，认为自己不能离开男人独自生活。在娘家时，父亲和兄长的意愿就是她们的意愿，结婚后不论丈夫如何对待，她们都只能默默忍受。她们的世界，被罩在布卡之下，就像这些锦鲤，终生游弋的不过是一方池塘。

“在那样的社会里，即便给了她们经济上的自由，她们也无法独立生活，就像锦鲤离不开水一样。在这样受限制的人生中，我父亲所谓的爱情完全就是奢侈品。或者换种方式来说，他所谓的爱情不过是世俗婚姻之上绚丽虚幻的幌子，如同黑色的布卡一样，限制了他妻子们的自由。”

阿什夫的脸色有些灰暗，但眼睛里像有火在烧：“我想这样的社会是出了问题。表面上的体制是让男人控制女人，但其实每一个女人在弱者的身份下，都未曾放弃用自己的努力去控制男人。我妈妈尝试着用眼泪，虽然她的眼泪对我父亲全无用处，却深深地影响了我；我母亲尝试着自残，我曾看到她手腕上的伤痕，像一串蜿蜒的褐色手镯。每次她自残，父亲都会稍微有所收敛，在家里逗留几天。但当她的伤口愈合，父亲就依然故我地在外面声色犬马。”

路捷说：“一个社会，如果有一半的人处于被控制之中，那剩下的另一半人也不会觉得自由。虽然可以占有他人的一部分权利，但这也意味着他们需要承担被剥夺者相当大的一部分责任。每个人活在世上都已然不易，如果再失去应得的权利或是背负不必要的负担，那就必然导向痛苦。”

阿什夫静静地听路捷说完这一番话，看着她说：“只有自由的人生和独立的人格才能让人成为人，才是通向幸福的唯一道路。我妈妈和母亲可能永远也不能想象像你一样独立地生活。”

他沉默了一会儿，望着锦鲤说道：“路捷你知道吗，甚至我，都由衷羡慕你的独立与自由。”

幽玄之钥

二十六

七夕是日本夏季的重要节庆之一。这是源自中国的节日，却有着和在中国不同的含义。江户时代，人们在家中供奉七个砚台，祈求孩子学业有成；昭和以来，日本家庭常用凝聚在叶面上的朝露来研墨，然后把愿望写在短册上，挂在矮竹上，陈列于房前屋后。

七夕当天，路捷居住的社区也在庭院间摆放了矮竹短册，还组织了消夏晚会。活动从下午开始，有来自冲绳的歌者弹着吉他，在公寓楼群中间搭建的舞台上演唱《岛呗》，眉宇间流露出一丝哀伤。孩子们在玩各种游戏，最吸引人的是蒙面击瓜。参与者被蒙上眼睛，旋转数圈后在观众的语言提示下向前行走，然后高举手中的木棍，击打摆放在地上的西瓜。每个参与者只有一次机会，孩子们都是慎之又慎，周围观众的热情似乎比孩子们更高。

路捷在场地最靠边的游戏角落里看见了阿什夫。他和一群日本中学生一起，用社区统一准备的和纸折叠飞机，然后站在起飞线后一起将纸飞机掷出去，看哪一架纸飞机飞得最远。比赛的奖品是大包装的和式米果。不一会儿，阿什夫就抱着三大包米果朝路捷走了过来。

“我继承了父亲健壮的体格和妈妈的巧手。从小我就是田径场上的健将，在费萨拉巴德上大学时，一天我正在学校的田径场里无所事事地跑跳，一个头发花白的老人向我走过来，把一杆标枪交到我手里，让我投掷给他看。

“这是我第一次拿起标枪，比想象的要重不少。我不以为意地助跑，然后用力一投。标枪在场地的另一端牢牢地扎在了地上，我看见枪杆在阳光中晃动，地上的影子也在摆动。老人过来握着我的手说：‘孩子，我认识你太晚了，不过即便是现在，我也有信心把你训练成巴基斯坦最好的标枪选手之一。’

“后来我才知道，他是巴基斯坦最著名的教练。当时我对这样的邀请全无兴趣，只是笑了笑就和他道了别。

“父亲知道后，为我轻率的拒绝大光其火。那之后他常常在聚礼后对清真寺里的伊玛目抱怨，说我不懂得珍惜真主的恩赐，这样下去一定会把好运气挥霍殆尽。

“我常想起他的这些抱怨。也许他是对的，我活得太浑浑噩噩，不知道自己的方向。总是在不应投注精力的地方倾尽全力，而当命运的转机出现时，却不能辨识和把握。”

他的表情非常伤感，路捷感到这是个沉重到他不愿去触及的话题。这时人群中忽然传来欢叫声，最有夏日趣味的“流水素面”开始了。

社区工作人员以A幢公寓三层的公共厨房为起点，用新鲜的半剖毛竹依次相接，搭建了数十米长的水道。随着水流而下的素面已经被浸得冰凉，夹起来蘸着柴鱼酱油吃非常清爽。

阿什夫使用筷子有些笨拙，好几次都没有夹起流过的素面束。他有点不耐烦，轻声对路捷抱怨：“我在纸飞机比赛里把好运用光了。”

路捷把夹起的两束素面连同蘸杯一起塞到阿什夫手里，说：“命运不是那么容易被看穿的。”

他什么都没说，把蘸杯接了过去。

二十七

7 月 31 日晚上，台场的中国同学会通过脸书给路捷发了信息：为给几位即将离日的同学送行，明天将组织东京湾的夜间游轮巡游，请着浴衣前往登船。

搬到台场居住后没多久，路捷就在彩虹桥下的海湾中看见过著名的东京湾夜游船，也曾经隐约听见船上传来的欢闹之声。学院里不少日本同学得知路捷住在台场，也都不无羡慕地表示出对东京湾夜游船的向往。

半个月前，路捷经过银座有乐町的一家日本传统服饰店，心血来潮决定给自己挑选一套浴衣。接待她的是一位气质高雅的中年女性，她几乎不会说英语，不过能够听懂路捷说的每一句话。

店铺虽然不大，但有着素雅的陈设和明确的分区。左手侧是满满两大排衣架，架上的浴衣按照棉、麻的质地区分开来，每一种质地下又按照不同的色系分隔陈列。中年女士示意路捷先选择浴衣本体。面对琳琅满目的花色，路捷犹豫了很久才终于选中一件如同牵牛花瓣一般紫色的浴衣。在浓重素雅的紫色中，点缀有乳白色的竹叶图案，有种细碎光斑落在丛林中一般的静谧感。

中年女士微笑着带路捷走进店铺的右半边，这里或铺或挂的都是搭配浴衣的腰带。有柔软的兵儿带，也有端庄的名古屋带。为与浴衣的图案呼应，路捷选择了乳白的厚织半幅带。然后又依次添置了两条伊达软带和一双木屐。中年女士不断用日语表达对这组搭配的赞赏，温婉的微笑一直绽放在她的脸上。离开商店时，她一直将路捷送出大门，然后才将装好衣物的购物袋交到路捷手中，并不断鞠躬，目送她离开。

8月1日午饭结束后，路捷就对着网络视频教程，开始自己试着披挂浴衣。浴衣并不区分尺码，穿着的长短和松紧全靠自行调节。调整好衣领的位置，路捷掖好前襟，然后在腰部的偏下方扎好第一根伊达带。接着调整浴衣的长度，将多余的长度拉到伊达带之上，让它自然下垂，然后铺平腰部和背部的褶皱，重复调整领口的高低，接着在胸下系好第二根伊达带。再次拉平浴衣前后的褶皱，然后把半幅带打开，先将一部分半幅带搭在左肩，然后右手提腰带，环绕身体一周，调整松紧程度后再绕第二圈。等腰带剩下的长度合适时，将左肩上的部分放下，对折九十度后在身后打出装饰结。

路捷这才明白独自穿着浴衣是需要经过训练的。天气潮湿闷热，她一个人用了整整一个下午，才终于完成了这个穿着过程。穿好浴衣后路捷不敢轻易坐下，生怕压皱了它或者是碰坏了腰带的花结。站在浴室镜前化完妆，她从花瓶里摘下一朵昨天买回来的绛红色台阁芍药，插在左耳后的发髻上。

七点钟，路捷来到公寓 A、B 幢之间的通风口等着与其他中国留学生会合。黄昏的阳光还有相当大的热力，燠热的空气像是停止了流动。她从手袋里拿出折扇，稍解暑热。

远远地看见阿什夫从楼群的背面走过来，路捷赶忙挥动手中的扇子向他打招呼。一瞬间他没有认出浴衣装扮的她，但片刻后就露出了熟悉的笑容，走近后第一句话便是“你今天看起来不像你了”。

但其实他今天看起来也不像他。平时一直穿着熨帖衬衫的阿什夫，今天却破例套着一件半旧的棕色 T 恤，牛仔裤下面是一双皮凉鞋。他的两腮泛出青色，上唇的胡楂显露，一望而知这一天他没有刮过胡子。他的眼眶下陷，脸色也显得不太好。

“阿什夫，你还好吗？”

他站在路捷面前，微微有点气喘：“我没事。今天是斋月的第一天，身体有些不适应。天亮前我吃了一点奶酪和馕，到现在十几个小时水米未进，可能有点低血糖的症状。日落后做完礼拜就可以吃点甜食了。”

阿什夫的嘴唇都翘起了干裂的皮，他接着说："夏季的斋月总是特别考验人，饥饿的感觉还好抗衡，但要扛过对水的渴望却很艰难。但这正是赖麦丹月的意义，不节制欲望，我们就不知道自己拥有的是那么多，也不知道自己能有多坚强。说说你今天为什么变成了日本女孩？"

路捷刚告诉他今晚中国留学生会的活动，几个住在B幢公寓的中国女孩就走了过来。阿什夫对大家笑笑，然后礼貌道别："祝你们玩得愉快。"

九点整，游轮准时从芝浦码头出发。路捷站在甲板的末端，看见尾桨携裹起巨大的浪花，船舱里的歌舞声震耳欲聋，不多会儿彩虹桥就横跨过船头。

越向东京湾外驶去，空气中的咸涩气息就越重。路捷到船舱中转了一圈，无法忍受巨大的电子乐曲声，只好回到甲板上吹海风。

在自助酒吧取饮料时路捷忽然想到阿什夫，如果他在这里一定会阻止她喝酒精饮料，更何况今天还是斋月的第一天。现在的他应该已经吃过了开斋饭，会是在做什么呢？

路捷觉得身边的歌舞音乐毫无吸引力，只想回到静谧的房间，站在阳台上眺望楼群的灯火。

二十八

日本同学Noriko有着非常热情的个性，再加上她的英语在日本人中算是出类拔萃地好，学院的很多国际学生都喜欢和她一起玩，听她讲日本的习俗和掌故，一起去六本木的居酒屋聊天喝酒。有时子夜已过，还能够听见Noriko与人在公寓楼下猜拳行令的声音。也有人不喜欢她太过张扬的个性，从不喝酒的阿什夫就向路捷表示过对Noriko的不解。

8月初的一天，路捷在学院的走廊上遇到Noriko，她热情地说："8月6日开始的那一周，是我家乡青森最出名的睡魔祭，我邀请了学院很多人一起去，你有没有兴趣？"

就这样路捷决定了8月初去青森的行程。搭乘整整12小时的夜行巴士，穿越本州岛，在黎明时分到达青森。这里并非知名的旅游目的地，就算在日本人心目中也是充满乡土气息的小地方。民风执拗、方言难懂和苹果好吃，可能是绝大多数日本人对青森仅有的印象。

小城果然乏善可陈，车站和码头一步之遥，主街的店铺看起来也不太景气，除了遍地盛开的紫阳花，这里和日本任何一个县府没有什么不同。

但夜晚到来后，一切便全然不同。传说睡魔祭的举行是为了在最炎热的季节驱走妨碍勤勉的睡魔和人们的懒散之心，这场盛大的节庆持续五天，每天夜幕降临后，青森都会华丽变身，从乡土小城幻化为流光溢彩、鼓乐齐鸣的舞台。全城各个角落涌出源源不断的盛装人潮，和上百个硕大的花车彩灯一起，瞬间填满了青森的大街小巷。

睡魔祭的前四个夜晚，Noriko 安排大家加入她父亲所在公司的彩车游行方阵，伴着鼓乐载歌载舞到凌晨。睡魔祭的最后一晚是彩车评选和盛大的花火演出。陪伴二十万人歌舞了四天的彩车，被一辆辆载上大船，在花火的照耀下驶向远海。在青森码头，人们举家铺展席布，轻摇团扇，观赏光影璀璨，并在每一辆彩车驶向茫茫黑暗时发出道别的欢呼和掌声。

离开青森后路捷又前往北海道，全部旅程将近十天，回到东京时她感到很疲倦。临行前放心不下阳台上的花草，路捷将房间的 IC 卡留给了阿什夫，请他代为浇水照看。回来后路捷发现两盆小夏菊已经含苞待放，放在阳台上的塑料椅被擦得干干净净，拉开冰箱，有几瓶新买的复合果汁，浴室的热水器也已经提前开启，洗澡水的温度正好。

工作台上放着半张揉皱的报纸，好像曾经用来包裹过什么东西。路捷拿起来细看，发现这是一份乌尔都语的报纸头版，满是从右侧书写的弯曲文字，她唯一能够辨识出的就是右上角的日期，那是去年的 4 月 24 日。

路捷试图回忆，那时的自己在做些什么？是在参加某个冗长的会议，还是在办公室里面目沉闷地修改文稿？那时是否想到一年后，自己会在日本经历人类史上最强的地震，观赏樱花，并刚刚在绚丽盛大的节庆中体会到仪式的庄严震撼？这张报纸的主人，一年前的 4 月 24 日，他在做什么？是在费萨拉巴德尘土飞扬的集市上为家庭采购食物，还是一个人在屋檐的阴影下阅读《霍乱时期的爱情》？他有没有想过，会在遥远的东京将这张报纸遗落在一个来自完全不同世界的女性的房间里？

窗外有密集的蝉声，天色昏暗，雨意渐浓。门铃声忽然响起，阿什夫站在门口。他的眼睛似乎比以前更亮了，瞳孔里都闪着光。犹豫了一秒钟，他上前一步，给了路捷一个拥抱，说："欢迎回家。"

短暂拥抱的瞬间，路捷闻到他身上的古龙水味道，那是和这个拥抱一样冷静克制的淡香。他们都有点尴尬，似乎这一周的分别让他们平添了生疏。但又好像什么都不必细说，时间浑然流逝，距离只会让他们重新发现对方身上还未曾注意到的特质。

阿什夫站在玄关，并没有走进室内的意思，递给路捷一个饭盒："在你的冰箱底层有一瓶腌渍杧果，这是一份咖喱饭。腌青杧果配咖喱饭是经典的旁遮普餐，应该让你尝尝。还没有到我开斋的时间，我回去了。”

然后他就转身离开了房间。路捷走回工作台，再次注视报纸上的这个日期。它如同某个隐秘的密码，开启了一系列人生际遇。

二十九

穿着亚麻连衣裙和拖鞋，把头发绾成高高的丸子头，路捷素面朝天地下楼，到 Daily Yamazaki 便利店去买冰激凌。

挑选了名为宇治金时的抹茶红豆冰棍，路捷在便利店角落的餐椅上坐了下来，慢慢撕开包装纸，并不急着吃。这是她一点小小的癖好，喜欢冰激凌略微融化后的口感。

等着冰棍消融的时间，路捷打开随身带着的一本《俳句的魅力》来看。正好读到夏季的章节，松尾芭蕉在《明石夜泊》中写道：

章鱼在陶罐，
犹自沉醉黄粱梦，
夏夜月满天。

阿什夫不知什么时候坐在了路捷对面。他拿着一瓶鲜榨橙汁，也并不急于喝的样子。

“在读什么书？”他问。

路捷将松尾芭蕉的俳句简单地翻译给他听。阿什夫听了很不以为然，说：“听不出有什么意境。”

路捷只好细细地将松尾芭蕉的生平和这首俳句的由来再向他做些解释。这首俳句是松尾芭蕉旅行至兵库县明石市须磨时的感慨。位于濑户内海边的明石市，自古就有捕捉章鱼的传统。由于章鱼喜欢藏身于洞穴，当地渔民就制作了陶罐，白天将陶罐沉入浅海，嵌在细沙碎石之中，夜间章鱼会将陶罐误认为适宜的洞穴，便钻入其中栖身。翌日清晨渔民会将陶罐连同章鱼一起打捞出水。

俳句描写的是夏季夜短，月光洒在海上，陶罐中的章鱼不知道明天将被渔人捕捉，还在做着美丽的幻梦。初读完全是俳谐之趣，但细读却觉有造化弄人、命运无常的意味。被尊为“俳圣”的松尾芭蕉文风空寂，极为擅长营造意境。他于 1689 年 3 月下旬从江户出发旅行，历时六个月，行程两千四百公里。这段旅途在车马不易的时代堪称悲怆的壮举，因此当芭蕉行至濑户内海边时，他的心中对前路并不抱持乐观之念，甚至感怀自己如同陶罐中的章鱼，沉醉在夏夜月光下，不知命运的走向。

听路捷说完，阿什夫看了看表，然后面朝西方，举起双手开始做祷告，这是他日落后的开斋仪式。简短的祷词念完，他以抹脸结束了仪式，然后立即拧开橙汁的瓶盖，迅速地喝下几大口。

喝完，他的脸色似乎红润了一些，语气也平和了不少："你听说过幽玄之钥吗？"

路捷摇头。

"《古兰经》中提到，对于世上的人来说，有五件事我们不需顾虑也无从得知，它们会在适当的时候由真主降示给我们，它们便是幽玄之钥。"

他坐在路捷对面，紧紧盯住她的眼睛："你要记住，幽玄的五把钥匙是：复生日的知识；降及时雨；胎儿的性别；给养和死亡的时间。这些事超越了我们凡人的智慧，我们只需要听从真主的安排，并感激地接受就好。

"很多时候我是靠着念诵经文来鼓励自己，才能够有勇气面对生活。"他的眼神有点黯然，"受过教育的人总觉得自己能够挑战命运，总觉得一切可以掌握在自己手中。但其实我们连下一场雨什么时候降落都无从得知。我们人类和松尾芭蕉俳句里的章鱼没有分别，把要命的陶罐当成安居的巢穴。

“小时候我不明白经文里的道理，也没有见识过人世间的苦痛。十岁那年的斋月我被父亲带到清真寺，寺里的伊玛目很喜欢我，把一些经文的意思用孩子听得懂的话讲述给我。我的记忆力很好，回家就把听来的内容转述给妈妈。妈妈从没有系统学习过宗教知识，我讲的东西对她来说如同打开了全新的世界。她让我站在厨房里，一遍又一遍地讲给她听。我对自己的聪慧沾沾自喜，似乎十岁的我已经窥见了命运的玄机。

“妈妈坐在炉灶后面，在滚烫的平底锅上烙着馕。忽然她抬起头透过烟气问我：‘既然真主已经将一切安排进了前定，那我们每天不断地祷告还有没有用？’

“我被问得张口结舌。命运这个幽玄的话题，岂是一个孩子能够参透的？”

三十

暑假里学院举办了摄影比赛，题材和内容不限，组图还是单幅都可以。截稿日期到来的前一天晚上，路捷把笔记本电脑带到了A幢十一楼的会客室，请阿什夫一起挑选一幅用来参赛的照片。

阿什夫给路捷倒了一杯果汁，然后自己端着一杯奶茶翻看电脑里的图片文件。

这天他穿着一件黑色的长袖衬衫，衬衫下角扎进了米白的亚麻长裤里。在他的脸上，能够明显地看到雅利安人种的特征，高耸的鼻梁和眉骨，以及深褐色的瞳孔。经过半个多月的斋戒，他明显消瘦，黑色的鬈发也显得长了些，在耳后打了卷。

会客室的另一边，几个中国留学生正在拿着喷壶和推子互助理发。日本人工费昂贵，美发沙龙的技术虽然出色，但动辄几千上万日元的剪发费用让很多留学生望而却步，所以女留学生们多留着清汤挂面式的长发，而男生们就尝试着互相帮助，自行解决形象问题。

阿什夫看照片的时候，路捷一直在观察那几个中国男生，很显然他们都是新手，没有掌握电动推子的使用方法和理发的基本技能。看着他们第三次把被练手男生的后脑勺剃得露出头皮，路捷终于忍不住走了过去，在征得同意后，为那个男生理了个还看得过去的短发。

于是其他几个人也把发型交到了路捷手里。路捷没有拒绝，虽然她从没有学过发型设计，但推个平头或者剪个平整的短发还是可以做到的。

给最后一个中国男生剪完，阿什夫在路捷面前的椅子上坐了下来，笑着说：“我能不能也有此殊荣，请你帮我理个发？”

“那是我的荣幸。”路捷也笑了。

其实给阿什夫剪的并没有给中国留学生剪的好。路捷不适应他头发的自然卷曲，控制头发的长度就有点难度，为了能够修剪整齐，她返工了很多次。

但阿什夫对她的能力好像完全没有质疑。路捷剪完后把小圆镜递给他，让他检查一下后面的发型。但是他连镜子都没有接过去，说：“不用看了，你剪的一定没问题。”

“这么信任我？”

他抖抖围布上的碎头发，说：“从看见你的第一眼起，我就信任你。”

那天晚上阿什夫建议路捷把一张黎明时分的山景照作为投稿照片。

在青森参加睡魔祭后，路捷继续北上，在北海道停留了两天，夜里投宿在著名的温泉之乡新雪谷町的民宿酒店。第二天清晨，天色还十分昏暗，路捷就穿上酒店准备的素雅浴衣，抱着浴巾去楼下的露天风吕泡温泉。露天风吕与森林中的池塘一壁之隔，硕大的锦鲤就在身边游弋。晨雾正浓，林间飘来草木清新的气息。赤裸的皮肤感受到林间的晨风，虽然是盛夏也觉得清冷。深吸一口气，路捷将自己深深浸入乳白色的温泉中，周身彻底暖和后天色也渐渐放亮，于是再度淋浴后穿好浴衣。回到房间拉开窗帘的瞬间，黎明光线中的羊蹄山跃入眼帘。路捷被猝不及防的自然壮美深深震撼，抓起相机拍下了这张照片。

投稿几天后，路捷收到田中先生发来的一封邮件："看到了你拍摄的羊蹄山。那是我故乡的名山，我曾经在很多人的镜头下看到过它，但你的照片有不同常人的感染力。请相信你的才华，相信你的选择。"

一周后，摄影比赛组委会告知路捷这幅照片正式被学院收藏，并将被放大，悬挂于报告厅的外墙上。

三十一

过了盖德尔夜，斋月就快要结束了。经过将近一个月的斋戒，阿什夫说他已经适应了忍耐饥渴的感觉，开始习惯在每天最炎热的时段小睡片刻，让生理上的波动变得稍微平缓一些。

路捷也养成了在午后处理照片的习惯。每天携带相机四处拍照，不知不觉积累了数个庞大文件夹的图片资料。前段时间忙于课业，没有来得及马上归档处理。随着时间过去，有些记忆渐渐模糊，处理和标记照片就成了迫在眉睫的任务。

开始摄影以来，路捷发现很多人以为携带相机、按动快门就是摄影师的工作了。其实如同在胶片时代一样，数码摄影后期处理的重要性丝毫不亚于前期的拍摄。但不知为什么，很多人会对使用软件处理原始照片产生相当大的抵触情绪，似乎经过 Photoshop 处理的照片就丧失了艺术的本真。

路捷记得上小学时看见父亲在家里布置暗房的情形。那时父亲使用一套海鸥 135 双镜头反光照相机，搭配柯达金 100 胶卷。白天拍摄，夜晚就在卫生间临时改成的暗房里放大冲洗。低瓦数的红色灯泡遮盖了父亲脸上的紧张和路捷抑制不住的兴奋，洗脸池搭上木板变成操作台，放大机沉重的支架放在上面有点不牢靠的样子。相纸在显影液里时路捷最紧张，早一秒取出怕效果不足，晚一秒就更糟，过度显影后那就是一张毫无用处、油乎乎的黑纸。等到终于定影完毕，剩下的就是把照片放在流动的清水中浸泡一整夜。很多次第二天一早路捷去卫生间洗漱，看见浴盆里泡着大大小小的照片，都觉得恍然如梦。

所以她从不抵触暗房和后期，反而对处理的效果心存敬畏。即便只是调整一下对比度与饱和度，也会让最终呈现出来的效果迥异。每一次处理照片，路捷都仿佛再次看到童年时那一盘盘神奇的显影液，影像在其中从无到有，像是被命运之手摆弄显现，然而一切又都是那么脆弱，稍有疏失就会毁于一旦。

开斋节前一天的下午，路捷的手机忽然响了起来，是阿什夫，他的声音有些异样：“能不能到我的房间来一下？”

他的房间房门虚掩着，路捷轻轻敲了一下，就推开门走了进去。落地窗的卷帘没有收起来，虽然是下午也显得非常昏暗。单人床上白色的被单散乱地堆在一边，枕头也乱糟糟的。阿什夫坐在床脚边的扶手椅上，光线太暗，路捷看不清他的表情。

见她进来，他没有起身。房间里再没有其他的椅子，路捷走过去坐在了床脚。

阿什夫双手托着头，声音颤抖着说：“我的母亲，自杀了。”

路捷震惊到什么话也说不出。

阿什夫垂着头说：“两天前她自己出了门，今天早晨在水渠的下游被发现。投水前她的腕动脉也被自己割断，看来是下定了决心，哪怕她知道自杀者不能进入天堂。

“母亲失踪后，伊克巴尔四处寻找，父亲却依然故我地去茶馆。今天早晨我的一个远房表哥跑来家里报信，父亲的第一个举动竟然是急着撇清关系，说自己这几天都在茶馆中度过，可以证明此事与他无关。

“我不知道在母亲决意自杀前发生了什么，但一定是因为这样的丈夫彻底击碎了她对爱情和生活的希望。在她的世界里只有他，而他，却从没有把妻子的希望放在心上。

“伊克巴尔给我打电话的时候几乎语无伦次，分不清他的震惊是来自失去母亲的悲痛还是对父亲的怨恨。我一想到伊克巴尔就心疼，一想到自己这个家庭就痛苦。

“我不想再回到那个家。”阿什夫的声音哽咽了，“可是我妈妈和伊克巴尔怎么办？我不能这么自私。”

一滴眼泪掉落在地板上，阿什夫仍然低垂着头：“家里的经济和情感都已经千疮百孔，我如果不承担起责任，妈妈可能无法生活，伊克巴尔的婚事也将告吹。可是真主啊，我的宿命真的就是去替父亲承担他逃避的责任吗？这个家族的男性是否注定都要在爱情方面犯下错误？父亲曾经拥有爱情，却将一切都毁掉。我是不是不得不放弃自己的爱情和生活？这是不是也是错误？”

路捷不知道如何安慰阿什夫，只好把手轻轻搭在他的肩上。他的肌肉似乎处在痉挛状态，她能感觉到他在不停颤抖。

阿什夫匍匐在路捷膝上，无声地痛哭起来。

三十二

两天后阿什夫再给路捷打电话时，情绪已经一如平常。他说要去附近的商场购物，希望她能和他一起去。

他站在Venus Fort购物中心的停车场旁边等她，还是穿着那件熨得笔挺的黑色衬衫，看得出来，这两天他消瘦了不少，眼眶似乎更加深陷，下巴中间的凹陷也更加明显了。

他们一起走进商场的客用电梯，电梯小姐穿着粉红色的制服，搭配白色的丝袜和玫红色的英式礼帽，脸上挂着甜美的微笑。

电梯上行时里面只有他们三个人，阿什夫对路捷说：“今天请你来挑选结婚钻戒。”

电梯小姐听到了这句话，也看见了路捷的一脸惊讶。在他们走出电梯时，电梯小姐鞠完躬后对路捷更加甜美地微笑点头，一定是把他们当成了准备结婚的情侣，很可能还在羡慕路捷能够在不经意间得到这样的惊喜。但阿什夫接下来的解释电梯小姐没有听到："伊克巴尔的婚礼宰牲节后就要举行，我不想让他在妻子和妻子的家人面前有任何抬不起头的地方。对方是费萨拉巴德的殷实人家，婚礼上要使用的戒指就得讲究一些。我想代他买一对结婚钻戒，请你帮忙挑选。"

电梯小姐的误会在几家珠宝店里继续上演，每一家的导购都误以为他们是为自己挑选结婚钻戒。阿什夫对这样的尴尬似乎浑然不觉，在试了六款不同的组合后，终于拿定了主意。

走出商场时，午后暴烈的阳光让路捷瞬间看不清外界，下意识地举起手遮挡眼睛。阿什夫一边把他的墨镜递给她，一边说："谢谢你的陪伴和建议。我一定会尽力把伊克巴尔的婚礼办得成功，让不在人世的母亲放心。"

路捷戴上阿什夫的太阳镜，听见他接着说："也感谢你给我一个挑选结婚钻戒的机会，我不认为今后还能有机会为自己挑选钻戒。这个家族的男人总会为爱情犯错误，我的错误可能是将为了家人牺牲自己的爱情。"

路捷觉得自己没有必要再回答他什么，跟在他身后向公寓走去。

一别杳冥

三十三

进入 9 月，离开日本也进入倒计时，在家的大部分时间路捷用来打包行李，还要去注销一些社区的手续，或者去学院的研修室取回自己的物品。日程一下子变得有点紧张，阿什夫不止一次提出想帮她做些事情，路捷都拒绝了。

离开日本也就意味着可能再没有机会与阿什夫相见。一年来的相处让路捷对阿什夫的存在感到自然而然。路捷问自己，如果不能再在阳台上眺望到他的灯光，不能再一起到台场海滨公园散步，不能再听到他用略带南亚口音的英语讲出的宗教故事，自己还能否处之泰然，就如同这一切从未出现在生命里?

但路捷知道，一切都会不同于从前。

9 月初路捷预订了到关西的新干线车票，决定一个人到京都和奈良待上几天。出发那天阿什夫送她到东京站的新干线改札口，然后把背包递给她。路捷检票进站，被人潮裹挟着走出很远后，回头看见阿什夫还站在那里。不知为什么，她觉得自己看到阿什夫脸上流露出脆弱和依恋的神情。

到达京都时是正午，气温达到了三十六摄氏度。阳光暴烈，大朵的白云从京都车站的玻璃幕墙旁迅疾掠过。路捷一个人背着沉重的行囊，搭乘市区巴士，前往事先预订好的西本愿寺闻法会馆入住。闻法会馆是专供香客投宿的和式旅店，九叠榻榻米的房间完全是简朴的寺院风格，低矮的茶桌上摆着两份京果子，店家一定没有设想到路捷是一个人前来的。

天色擦黑后路捷换上客房里朴素的浴衣，把一大一小两条浴巾打进风吕敷，到大厅后的浴池去泡澡。还不到一般人习惯的入浴时分，硕大的浴室里只有路捷和另外一对母女，小女孩虽然淘气，但也有模有样地把小毛巾打成豆腐块状顶在头上。

浴池的水龙头一直哗哗作响，路捷趴在浴池边上，恍惚间想起阿什夫穿过的那件黑色衬衫。她似乎能闻到他惯常使用的清淡古龙水味道，如同他就在离自己不远的地方。

但路捷知道，她现在是一个人，从前和将来也都是一个人。那似有似无的清新之气，很可能只是来自浴室弥漫的水汽。路捷打断不住袭来的思念，告诉自己，这次京都—奈良之行，就如同是对即将到来的离别的一次预演。

泡澡之后周身疲乏放松，倦意袭来，路捷等不及传说中旅店女将的铺床服务，自己拉开壁橱，铺好敷布团。房间里冷气很足，躺下后她用力裹着棉被，将脸颊紧紧贴在沙沙作响的和式枕头上，似乎是在对不断袭来的孤独和伤感做些无谓的抵抗。

接下来的几天里，路捷总是清早起身，穿过西本愿寺的边门，在阿弥陀堂外的台阶上听完早课，然后就在京都这座古城的各处游荡。没有明确的目的地，只是兴之所至地走过银阁寺、二条城、下鸭神社、平安神宫、南禅寺、祇园和先斗町。她在名叫“万重”的餐厅点了一人份的京料理，佐着寂寞喝下冰凉的生啤酒；也在著名的宇治抹茶店伴着清淡的和果子饮完一杯抹茶，看见店铺的屏风上用汉字写着“难得一面，世当珍惜”，心里想，这是多么美好的词句。

在京都的最后一天，路捷来到了三十三间堂。黄昏燠热难耐，脱鞋进入殿堂。三十三间堂里林立着一千零一尊佛祖、观音和天王像。在密不透风的大殿内，路捷仰望一张又一张庄严肃穆的脸孔和他们救赎苦难的万千手臂。佛教自西土一路东渐，自犍陀罗时期形成的造像技法也抵达了平安时代末期的京都，南亚次大陆的面容体态，凝固在了三十三间堂的众像中。而犍陀罗，那是阿什夫的故乡。

从京都搭乘近畿铁路列车，四十分钟后就到达奈良。这是一座古意更浓的小城，是鹿的城市，也是祈愿的城市。从著名的东大寺，到春日大社、冰室神社，到处都遍布祈愿的献灯，二月堂外还有祈祷世界和平的祈愿柱。各处前来的人们似乎都是心怀夙愿，在踏上这块古老的土地时，分外渴望心想事成。

走到二月堂时浓云密布，溽热的午后飘落了细密的雨丝。路捷在堂前双手合十，没有许下过于宏大的愿望，只希望自己和所爱的人今后都能够惜时顺命。

在回程的新干线列车上，路捷拿出手账补记这几日的行程，不觉间写下了这样一段话："旅行展开的是未知之境，但我们总是在未知中遇见自己的过往。旅途如同一面镜子，照见我们的过去、现在和未来。"

路捷知道，作为一个背负着家族沉重命运的穆斯林，阿什夫的旅途比自己更为长远。

三十四

送走了前来接收邮寄行李的日本邮政员工，路捷发现房间一下子变得空阔，好像回到了一年前刚入住的时分。在日本添置的衣物和纪念品已经悉数装箱运走，除了几件夏末秋初的应季衣物、一个随身的行李箱和摆在工作台下的老式CRT电视机，这个房间里几乎再没有任何她个人的印记。

只留玄关的小灯，路捷赤脚走到落地窗前。实木地板一如既往地干净，落地窗玻璃她仔细清洁过，刚刚更换的床单上还有清晰的折痕，一切正在回归曾经的样子。明天她就将离开这里，回到中国。

一年来在日本的生活历历在目。寒暑更替，似乎刚开始将这个三十平方米的公寓当作家，分离的时刻便不由分说地到来。如同夏天已经慢慢进入最后的几个小节，秋凉终将降临。对东京的留恋，也如同旋律终有收音之时。

一切该处理的都已处理停当，除了电视机。

这台电视机是入住时一个中国留学生送给路捷的。那时路捷踌躇满志，想通过收看电视节目学习日语，于是就收下了这个硕大的家什。一年过去，当初的日语学习计划显而易见早已搁浅，但在地震最频密的时期，通过它收看的新闻直播和速报预警曾给了路捷很大的慰藉。

可是如今如何处理它却成了问题。三天前路捷去公寓管理办公室咨询，穿着笔挺西装的男性工作人员客气又冷淡地给了她本町回收粗大垃圾的电话。电话接通，对方不会说英语。路捷敲开隔壁日本女孩Yuri的房门，在她的帮助下才明白，电子粗大垃圾需要提前一周申请回收，社区会在指定时间到公寓的垃圾室收取，路捷需要在那一天的指定时间把电视机搬下楼，并支付不菲的粗大垃圾回收处理费。

但剩下的时间已然不够安排这样复杂的回收过程了。路捷不知怎么办才好，离开日本的离愁别绪都被处理电视机的烦恼冲淡了不少。

赤脚站在电视机旁，路捷拨通了阿什夫的电话："能不能请你帮我想个办法？"

十分钟后，阿什夫进门，把一个手提袋放在玄关柜上，就抱着硕大的电视机出了门。房间更加空阔，路捷似乎能够听见自己呼吸的回音。

又过了四十分钟，阿什夫回到路捷的房间："已经安排好了，你不用有任何担心了。"

阿什夫穿着蓝白相间的短袖Polo衫，白色的亚麻长裤有些揉皱的痕迹，肯定是刚才搬动电视机导致的。路捷从冰箱里拿出最后一罐果汁递给他，他端起餐桌上的玻璃杯，分出一半给她，然后自己直接对着易拉罐口喝起来。

“你把电视机处理到什么地方了？”路捷忍不住问他。

“这东西真重，我本想搬到A幢去放到公用休息室，但一出门就觉得做不到。然后我就沿着你这层楼的应急通道一户户走过去，按响门铃，说马上要离开日本，打算把这台电视机作为礼物送人。你认识这层楼的邻居吗？”

路捷摇摇头：“我只知道楼长是住在左边第一间的Yuri，其他人住了一年都不认得。”

“你右边第一个邻居是个缅甸医生，第二个邻居是个意大利人，我敲门的时候他正在煮红酱意大利面，闻起来很香。走到第三户，我就把电视机送了出去。现在你的电视机属于另一个中国人，他在东京齿科大学读博士。”

阿什夫平静地说完，似乎刚刚做的事情平常到不值一提。可是路捷怎么想都觉得这是很不寻常的景象：在接近午夜的时分，一个不住在这里的人，怀抱一台硕大的电视机，挨家挨户地按响门铃，说要把这个粗大垃圾送给别人。在冷淡疏离的东京，这样的情形几乎不会发生，可是阿什夫就这样做了，而且居然做成功了。

她想是因为阿什夫身上流露出的真挚让人不会感到紧张，甚至让人愿意相信他。阿什夫似乎知道路捷在想什么，说："天性里我倾向相信他人，哪怕这样做可能带给自己伤害。很多时候我们的痛苦是源于内心的不安全感，可是破除不安全感并无他法，只有先卸除我们自己的戒备，先行给予别人信任。而且永远不要忘记，我们对自己的认知，就是别人看到我们的样子。"

路捷不知道如何接他的话。他起身从玄关柜的纸袋里拿出一个小盒子递给路捷："第一次见到你后没多久就买了这瓶香水，一直想送给你，没想到拖到了现在。"

打开浅茶色的包装袋，路捷看到这是一瓶 BVLGARI pour Femme 香水，金色的瓶身端庄雅致。当时她并不知道，这款诞生于 1994 年的 BVLGARI 经典香水也被称为茉莉黄茶香水，前调是清新的意大利佛手柑和西班牙橙花香，中调来自略带甜蜜的茉莉花茶、紫罗兰、含羞草和玫瑰的混合花香，后调有鸢尾花香的含蓄，最终落脚在麝香的冷静上。

很久以后路捷才意识到，这瓶香水的调性可能就是自己在阿什夫心目中的样子。

三十五

去羽田机场的大巴从东京台场格兰太平洋大酒店出发。九点不到，阿什夫就在公寓门口等路捷，说要送她去机场。

所有的东西都已经收拾好，路捷的全部行李就是一个二十四寸行李箱和一个背包。再次检视一下房间，发现一双水玉花纹的室内鞋忘记收起来，但行李箱里已经全无空间，犹豫再三，她把这双鞋放在了玄关的地砖上，心里对即将来打扫房间的清洁人员说："给你们添麻烦了。"

片刻之后路捷意识到，这是典型的日本式思维。在东京生活了一年后，她已经不知不觉开始习惯以日本人的方式来思考问题。作为东京居民的生活经历，曾让路捷以为自己和擦肩而过的任何一个日本女孩子没有区别，化着一样精致的妆容，穿着一样的条纹衬衫。但时间最终证明了路捷与她们的不同：这里是她们永久的故乡，却从今天起变作了她的又一个异乡。

从公寓到大巴站的距离在步行范围之内，阿什夫拉着行李箱走在路捷前面。路捷环顾这个生活了一年的社区，一切都一如往常，只是从此以后这里就是回忆了。天气已经不像前几天那样炎热，季节再次开始转换。路捷依然记得初到那天湿热的风和那时目之所及的处处惊艳。如今一切都熟稔得如同自己的一部分，却到了说再见的时候。

大巴的单程车费五百八十日元，阿什夫掏出一张两千元的纸币递给售票小姐，说要购买一张单程票和一张往返票。售票的女孩似乎英语不太灵光，在她因为没听明白而犹豫的片刻，路捷的内心波澜起伏。最终她拿出一张一千元，对售票小姐说："一张到羽田机场的单程票。"

这一回售票小姐立刻听懂了，然后麻利地找给了路捷四百二十日元的硬币。

阿什夫也明白了路捷的心思，他没有再坚持。

大巴司机戴着白手套，把拉杆箱放进利木津大巴下的行李仓。路捷背着装了相机的双肩背包，走到大巴的车门口。

"再见，阿什夫。"说出这句话很艰难，可也到了不得不说的时候。

他的眼睛似乎比平时更亮，深褐色的瞳孔上隐约泛着湿润的光。他似乎想说什么，但在他开口说话之前，路捷转过身登上了车门内的台阶。

发车的时间到了，司机点头示意将要关闭车门，阿什夫还站在车门外望着她。路捷忽然意识到自己手里还有四百二十日元的硬币。她知道这些硬币带回北京后银行也不会接受汇兑，于是马上下了台阶，把这一把硬币塞进了阿什夫手里："我留着它们没用了，你帮我花掉也好。"

然后车门关闭，利木津大巴驶出了台场。

三十六

羽田机场是继成田之后东京的第二个机场，设备比成田机场更为现代化，客流量似乎没有成田机场大。路捷到得太早，托运了行李后就在候机厅新开的江户风商店街走走转转。不一会儿觉得有些疲劳和饥饿，这才想起今天自起床以来还没有吃过东西。

于是她走进一家回转寿司店坐了下来，就着朝日纯生啤酒，吃了在日本的最后一餐。账单的数字比路捷预想的高了很多，毕竟是在机场啊。但更让路捷没有想到的是，收银员在微笑鞠躬之后，哗啦一声把一大把找零的日元硬币放到了她的掌心。

而此时，她已经没有办法再将这把硬币交到阿什夫的手里了。

眼泪，簌簌地落了下来。

巴德岗

黄昏的暖光落在街边的神龛上，照亮神像的一半。半明半暗的神，他主宰着谁的命运？

巴德岗

精美的窗扇凝刻了数百年的时光。窗下的商贩平静安然，似乎也一样停驻在时光里。

巴德岗

戴着毛线帽的店主售卖装在红陶罐里的jujudhau酸奶，店铺昏暗，天花板很低。

巴德岗

端坐在神牛南迪背上的湿婆大神具有复杂的性格，既是暴烈的毁灭者，又是生殖力量的象征；既是禁欲的苦行者，又是欢乐的舞蹈之王。

博卡拉

大批鸽子聚集在费瓦湖的湖心岛上，包着艳黄头巾的苦行僧不时向鸽群投喂大米。

博卡拉到奇特旺途中

从博卡拉到奇特旺的两百多公里路程险象环生，路遇几次塌方，无人抱怨。司机将车远远停下，乘客们就下车打电话。

中学时学会一个英文成语: white elephant(白象),指昂贵、显赫,却又无用甚至拖累的东西。

奇特旺

中学时学会一个英文成语: white elephant(白象),指昂贵、显赫,却又无用甚至拖累的东西。

奇特旺

赶象人坐在象舆上吃点心。这头母象二十四岁，好奇又机敏。

奇特旺

奇特旺的原住民塔鲁人，身材矮小健壮，善用短棍。

奇特旺

笼罩在烟雾中的塔鲁村庄。这样的情形千百年来在丛林边缘不断重复，时间在这里仿佛凝滞，像被琥珀包裹住的远古生物，变成了熠熠闪光的化石。

蓝毗尼

摩耶夫人祠和远处的阿育王柱。石柱上写着：“无忧王于灌顶之第二十年来此朝拜，此处乃释迦牟尼佛诞生之地。兹在此造马像、立石柱以纪念佛祖在此诞生。”

蓝毗尼

庭院中央有棵巨大的菩提树，树干上围绕着礼敬的彩旗。树下打坐的僧人拿出黄布袋里的经书念诵。

蓝毗尼

如今的蓝毗尼依然是一个宁静的村庄，没有什么能够扰乱它的平和。

加德满都

库玛丽活女神形象的吊线木偶。库玛丽曾是王室的护卫者，是孤独又法力无边的女神。

加德满都

石阶上有赤裸上身的年轻人在冥想打坐，巴格马蒂河河水滔滔而逝，他面色安然，不为所动。

加德满都

印度教徒无人不知的帕苏帕蒂纳特，是敬奉湿婆和他妻子帕尔瓦蒂最著名的神庙，是集死亡与生殖崇拜于一身的圣地。

加德满都

在帕苏帕蒂纳特，死生只是一河之隔。浓烟滚滚的此岸，被神佛拂去苦痛喜乐，瞬间便轮回至生机勃勃的彼岸。

加德满都

搭乘小飞机近距离目睹世界上最高山峰中的八座，安纳布尔纳、玛纳斯鲁、道拉吉里、卓奥友、马卡鲁、洛子、干城章嘉，壮丽的雪山次第向上，直到珠穆朗玛的锥顶，然后消失于人类所不知的虚无。

只有知道自己要去往哪里的人，才能走到终点。

一切发生了的都是最好的安排。

羽化圆融：茶道用语，意指破除偏执、圆满融通。

下篇

羽化圆融

明暗各半

一

4 月中旬以来雅典的气温一直不稳定，时而大风呼啸，时而骤雨倾盆。路边的泡桐花朵在连日风雨后变成了满地红泥，几朵早开的扶桑花也像揉皱了的卷纸，颓丧地挂在枝头。

周六的早晨，难得天气平静而晴朗。路捷早早醒来，穿上跑鞋和压缩裤，准备出门慢跑。花园里的鼠尾草叶上挂着露珠，蔷薇还没有满开。

突然手机上跳出推送的突发新闻：当地时间 14 时 11 分，尼泊尔博卡拉发生里氏 8.1 级地震，加德满都等地有强烈震感。

昌达尔是否平安？路捷马上登录脸书，发了条问候的信息给他。

三天后终于收到他的回复："岳母在地震中去世，米娜、克里缇卡和我平安。一切命定都须接受，勿念为盼。"

二

9 月末的加德满都比路捷想象的炎热。

飞机降落在特里布万国际机场。阳光灿烂得让人眯起眼睛。停机坪上只有孤零零的一架飞机，那是刚刚飞越了喜马拉雅山脉的国航班机。

一个半小时以前，飞机从拉萨贡嘎机场起飞。登机前很多乘客都脸色蜡黄，萎靡地坐在候机厅里，三千六百米的海拔已经让很多人体会到高原反应。路捷背着沉重的双肩相机包在候机楼里走来走去，包里面是两台佳能相机、三个镜头，以及专门用来处理照片的笔记本电脑。高原的秋天来得早，贡嘎机场外树木的叶子已经开始脱落，山坡上的草也开始枯黄。路捷看着窗外的秋色，想到自己即将飞向传说中美丽的雪山佛国尼泊尔，内心如同高原上将要沸腾却又永远无法沸腾的水，不能平静。

但她没有想到加德满都会以这样的方式出现在眼前。走下舷梯的时候路捷有点恍惚，这个如同乡镇小学操场一样的院子，就是尼泊尔首都唯一的国际机场？跑道旁边停着如同小拖斗车一样的行李车，戴着头巾的尼泊尔妇女笑嘻嘻地露出白牙，把行李一件件搬下来，然后抛上带着铁架子的小拖斗车。路捷有点困惑：怎么在这里工作的都是女人？机场常见的行李传送带又在哪里？

入境大厅更是小得可怜，这个航班的两百名乘客，一下就把整个入境大厅填得满满当当。入境官员肤色黝黑，穿着不洁净的西装，自然是没有打领带的，头上粉色和蓝色菱形相间的尼泊尔民族传统小帽是他全身唯一的亮点。他面无表情地在路捷的护照上加盖了入境章，然后咕哝着说了一句“欢迎”，就放行了。

这就是想象中的那个雪山佛国吗？一切都如此简慢，甚至到了潦草的程度。臆想中那些漫天飞舞的神佛都在哪里？传说中充满灵性的国度就是这样？一瞬间路捷有些质疑，自己来到这里是不是一个明智的决定？

可是已经来不及了，路捷想，我已经来到了这里。机场入境大厅外站着很多前来接送的人，在路边懒懒散散地或站或坐。他们中的大多数人来自各家旅行社，打着鲜亮的旅行社旗帜，试图显出专业的样子，但其实大部分人都是二十出头的孩子，脸上写满了稚嫩，甚至还有些懵懂。路捷在人群中寻找按照约定来接她的昌达尔。几天前他们通过电子邮件，昌达尔向她索要过照片，但路捷不知道他的样子。

在暴烈的阳光下，路捷看见一个人，举着写有她名字的小标牌，手里还拿着一串万寿菊的花环。他认出了路捷，马上绽放出灿烂的笑容。

“Ma’am[1]，欢迎来到尼泊尔，我是昌达尔。”

深褐色的皮肤，厚厚的嘴唇和一口鲜明的白牙，是昌达尔给路捷留下的第一印象。他的英语带着南亚口音，虽然不很标准，但还是可以听明白。不时出现的语法错误给路捷的第一感觉是他没有接受过良好的教育，好在错误并没有多到影响交流。昌达尔双手合十，向路捷深鞠一躬后把万寿菊花环挂在了她的脖子上，引导她走向一辆白色的小面包车，打开推拉门让路捷坐在后座，把行李搬上后备厢，然后招呼黝黑的司机发动车子向加德满都开去。

从机场到加德满都其实不远，但因为嘈杂和混乱，车子走的时间并不短。这条名叫阿尼哥的入城大道坑坑洼洼，如果不是亲自走上这条路，她不会相信这是一条国际机场通向首都城区的道路。尘土飞扬的状况超出想象，一瞬间路捷甚至想寻找一只口罩戴上。这是在日本生活一年后留给她的印记之一：对于嘈杂和脏乱，她似乎比其他人更加缺少耐心。当白色面包车行驶在尘土飞扬的阿尼哥大道上时路捷尚不知道，在尼泊尔的日子里，嘈杂和混乱会与她寸步不离。

---

[1] Madam 的缩写，意为夫人、女士，是对女性的尊称。

加德满都的主干道路曲曲折折，从道路岔出的小巷看起来又都像是一个样子。一座白色的建筑隐藏在灰蒙蒙的围墙后面，经过时昌达尔问路捷："看到卫兵了吗？有卫兵站岗的地方就是纳拉扬希蒂王宫。"但她并没有看到卫兵，只看到一些穿着灰色衣衫、手拿木棍的人在路边巡逻。到处都是摩托车和破旧的汽车，嘈杂无比，每一个巷口好像还在不断涌出车子，路捷觉得头昏脑涨。

面包车开进泰米尔区，街头的色彩比路捷想象的丰富，人们穿着各种颜色的衣服在街头招摇而过，但她总觉得这些色泽不是那么鲜艳，有一种隔着厚厚的尘埃，或是沾染了经年油污的感觉。这里到处都是商店、酒吧、餐厅和旅店。店铺的门口都是黑洞洞的，站在门口的店主也多是黑褐色的皮肤。与之形成强烈反差的是，店外走过的多是白人背包客，他们的头发又长又乱，穿着波西米亚风格的衬衫和垮裤，如同刚刚从喜马拉雅山区徒步回来，身体的疲劳和精神的倦怠都写在脸上。

午后的阳光非常暴烈，车子在看似一模一样的小巷里不停穿梭，终于来到了昌达尔为路捷预订的旅馆。

前台接待的姑娘梳着长长的发辫，杏仁状的眉目非常打眼。在她办理入住手续的时候，路捷几乎是目不转睛地看着她。她眼波流转间传递出来的风情，是每一个西方游客踏上亚洲土地时都憧憬过的神秘风情。她的眉心点着一个红点，昌达尔告诉路捷说那是吉祥痣 Tika，代表祝福。

约定好明天见面的时间后，昌达尔双手合十，告辞离开。路捷走进狭小的房间，发现这里有着和街头一样灰扑扑的、肮脏陈旧的气息。房间里弥漫着一种难以形容的味道，既像焚过的香，又像点燃的酥油灯，甚至还有一点咖喱粉的味道。床边的镜子镶着木雕框架，远看做工精致，走过去轻轻一摸就发现上面积满了灰尘，不知多久没有人打扫过了。路捷脱掉在拉萨机场时穿上的冲锋衣，换上深紫色的短袖 T 恤。镜子里的她梳着偏分的斜刘海，这发型和在东京时一样。离开这么久了，日本的气息依然停留在路捷身上。

她走进卫生间简单洗漱。这是一个完全西方化了的房间，抽水马桶、浴盆、浴帘和通风换气扇一应俱全，头顶甚至还有一个产自中国的四灯头浴霸。马桶圈干裂粗糙，接触皮肤时有轻微的刺痛感。路捷坐在上面想，不知道这个马桶此前有没有经过消毒，但这时候想这个问题似乎已经没有了意义。拉下冲水把手的瞬间，马桶中的水竟然直冲天花板。路捷被眼前的水花惊得目瞪口呆，竟然忘记了向前台投诉，只庆幸没有被喷到身上。

路捷想：我对尼泊尔的第一印象，竟然是如此狼狈。

三

天色还早，路捷决定自己出去走走。

旅馆是别墅式的建筑，大厅外有个小小的庭院，庭院之外就是嘈杂的街道。她沿着这条不知名的街道走出去。心里没有任何对目的地的预期，就随着人流向前移动。

旅行手册说加德满都谷地里住着四十多万人口，是南亚次大陆人口密度最高的地区之一。沿途经过的街道两边，几乎都是密密麻麻的民居小楼。看得出这些房屋的建筑质量非常不好，很多粗糙的预制板和细弱的钢筋裸露在外，门框和窗户也是由轻薄的铝合金制成。这些民居和路捷在日本见过的建筑有太大的差别，被文明发展边缘化的加德满都和科技最前沿的东京，对比是如此鲜明。旅行手册上说加德满都谷地位于板块的断裂带，历史上深受地震的困扰。但对这样连上下水都不具备的房子谈抗震性能，是不是太过奢侈的要求？

路边有不少小小的神龛，供奉着路捷所不知道的神灵，很多树上挂着彩色的布条，似乎这些大树也是被当作神一样来膜拜的。街上的摩托车多得超乎想象，也嘈杂得超乎想象。一路上她不得不小心躲避迎面而来逆行的摩托车。一辆破旧的摩托车紧擦着身边经过，路捷吓了一跳，但后座上的漂亮姑娘似乎不以为意，还对着她绽放了一个亲切灿烂的笑容。经过一些看似政府机构的建筑，门外站着很多穿迷彩服的人，也许是士兵，也许是武装警察。他们懒懒散散地靠在墙边，亲亲热热地说着话，一点没有严肃凛然的感觉。路捷忽然意识到，可能这才是真实的尼泊尔，以一种坦率放松的气质迎接满心期待遇见神佛的游客，让他们先接受它在充满灵性之外的世俗状态。

不知不觉，路捷走到了杜巴广场。杜巴在尼泊尔语里是王宫的意思，眼前这个遍布古老建筑的广场，就是尼泊尔最辉煌的所在。杜巴广场的一侧是马拉王朝和沙阿王朝的旧王宫，狭长的建筑有白色的外墙，与周围赭红色的神庙形成强烈反差。很多穿着纱丽的女人头顶铝制水壶，从旧王宫的墙边走过。2001 年王室血案的发生和 2008 年废除君主立宪法案的颁布，让尼泊尔王室的辉煌消失殆尽，如今这里和周边的民居一样，成为普通人生活的背景。

塔莱珠女神庙有着高高的台阶，上面坐满了无所事事的人。这座神庙在垮掉的一代占据历史舞台时曾蜚声世界。那时迷茫的年轻人怀揣着金斯堡和克鲁亚克的书，从美国和欧洲出发，一路游荡到印度和尼泊尔。他们在印度体会了灵修和瑜伽后仍不满足，最终在尼泊尔雪山脚下的大麻烟雾中接受了无处遁逃的现实，在狂欢结束、篝火燃尽后，踏上回归文明社会的道路。据说 20 世纪六七十年代的嬉皮青年喜欢聚集在塔莱珠女神庙的台阶上，分享游荡和颓废的心得并一起吸食大麻，所以对这座神庙的戏称是“大麻庙”。路捷走过时听见绵软温和的尼泊尔语交谈声，也听见不时传来的英语和法语谈话声。果不其然，一个满脸雀斑、身材高大的白人女孩在用英文问她的尼泊尔导游："你能给我搞点大麻吗？"

路捷跟着几个身穿红色纱丽的女人走到了杜巴广场的中心。一座面目狰狞的黑色石像立在道路中央，石像下面蜿蜿蜒蜒的是几道红色的水流。她带着好奇之心走近石像，惊诧地发现这哪里是红颜色的水流，这是一道道鲜血积起的水沟。她记起出发前看到的关于尼泊尔风情的介绍，著名的德赛节就在这两天。

德赛节是尼泊尔最大的节日之一，用来祭祀长着九双手、具有十种化身的降魔女神杜尔迦。勇猛善战的女神为拯救世界，与恶魔激战了九夜，最终获得了胜利。德赛节上人们会向嗜血的女神献上生命来表达敬意并祈求护佑。曾经这样的祭祀是以活人为祭品，如今通行的做法是宰杀水牛和黑山羊。从没有见过这种场面的路捷不敢靠近，空气里弥漫的血腥气息让她分辨不出心中涌上的情感是敬畏还是厌恶。

天色渐暗，路捷沿着来时的路走回泰米尔。一座小小的神庙外面立着两头硕大的石狮，其中一头石狮背上骑坐着一个面目清秀的孩子，大约六七岁的样子。他向路捷招招手，然后用英语说："Money（钱）."路捷怀疑自己听错了，这么小的孩子，说的应该是"Candy（糖）"吧？

于是掏出口袋里的一块巧克力递给他，但骑在石狮上的小神骄傲地摆手拒绝了她。她这才明白，眼前这个小小的杜尔迦只接受钞票的献祭。

街巷里的人家渐渐点亮了灯火，空气里的咖喱味道也越发浓烈，晚餐时间要到了。从售卖电话卡的小铺里走出一个戴着花环的苦行僧，径直走到路捷面前，咕哝了几句咒语后，不由分说便在她的眉心点下了一颗鲜红的吉祥痣。这位苦行僧的英语比刚才的小杜尔迦讲得好，路捷听明白吉祥痣 Tika 代表了他对自己的祝福，也学会了第一句尼泊尔问候语“Namaste”。就在路捷满心感谢地准备转身离去的时候，苦行僧把掌心摊在她面前：“Money.”

这又是一个对祭品有要求的神灵。路捷无奈地笑笑，再次献祭。

四

第二天一早，旅馆的庭院里阳光灿烂，约定的时间还未到，昌达尔已经站在花坛边等着路捷了。他穿着褐色条纹的 Polo 衫和一条洁净的白色休闲裤，乍看之下好像宝莱坞电影里能歌善舞的男主角。

“Namaste，早上好。”他用两种语言向路捷问早安，接过她的背包后，他说，“今天我们前往巴德岗。”

一个月前，路捷萌发了到尼泊尔旅行的想法。从日本结束游学回国后，她的生活和工作都进入了停滞状态。表面看来一切如常，但其实内心的焦躁日盛一日。她渐渐感觉到，自己已经不同以往，内心里有些东西发生了变化。

“这个牙箍我已经戴了三个月，虽然已经习惯了它的存在，但还是不时感到困扰。更讨厌的是，它已经不再能够发挥治疗的作用，反而成了食物残渣的藏身之处，害我得不停地刷牙。”闺密坐在路捷对面抱怨，那时她正在进行牙齿整形。她在描述需要更换牙箍的感觉时用了两个字：鸡肋。

这也正是路捷对那段生活的感受。

闺密拨弄着松动的牙箍，说：“所以我得去看牙医，把牙箍再上紧一点。”然后她看着路捷，说，“你也一样，需要去看看心灵的医生，找到解决方案。”

路捷想她说得对。

那段时间路捷有点病急乱投医。写了很多封求职邮件，也在线申请了几个国际组织的职位。一份份简历和 cover letter 如同石沉大海，耗尽了自信心。于是她开始转而追寻灵修之路。她每天晚上读《圣经》，也读《古兰经》，但读得最多的还是佛教经典。静谧的午后，她在案头铺开笔墨，用工整的小楷抄写《般若波罗蜜多心经》。她能理解“五蕴皆空”，可是怎样才能够“远离颠倒梦想，究竟涅槃”，路捷不知道。

重新箍完牙的闺密建议她去尼泊尔：“朝圣对你也许有帮助。”于是路捷迅速安排了假期，预订了 9 月底的机票，然后请在日本时认识的尼泊尔同学希瓦介绍一家当地的旅行社。希瓦回邮件建议她请一个全程地陪，他推荐的人选就是昌达尔。

巴德岗在加德满都以东 16 公里，是马拉王朝全盛时期尼泊尔的首都之一。中世纪时期的尼泊尔利用地理之便，与临近的中国和印度进行互市贸易。谷地的原住民尼瓦尔人精于商业，他们从中国西藏收购羊毛、药材和盐巴，从印度进口来自中东和欧洲的奢侈品。这些货物从东西两个大国源源前来，汇聚在巴德岗。商贾们带来了巨大的财富，马拉王朝国王们对艺术孜孜以求，金钱和艺术的完美结合造就了巴德岗古城繁复辉煌的建筑与文化。

昌达尔为路捷购买了入城的门票。如今的巴德岗，整座城就是一个世界文化遗产公园，笼罩在晨雾和灰霾之下，散发出充满生活味道的烟火气。头顶或者怀抱水罐的女人从砖红色的杜巴广场走过，推着货车的小贩在艺术博物馆的窗下兜售水果，人们平静安然，似乎完全习惯了被熙来攘往的游客围观，他们的生活已经变成了世界文化遗产的一部分。

走在小巷里，昌达尔不时停下脚步，原地站住。路捷举着相机自顾自地拍摄，很多时候把他落下很远后才发现。路捷停下想等他跟上来，但他并不这样做，而是有点执拗地在原地站着。于是她不得不走回去，才发现昌达尔原来是要向她介绍经过的一个景点。这样的情形重复了很多次，路捷觉得自己好像是昌达尔手中的一只风筝，飞得远了就会被他用线拽回来。

路捷有点不快，昌达尔也察觉到了她的不快，但还是面带微笑，不紧不慢地走在她身后。让路捷不习惯的还有他总是称呼她“Ma'am”，无论怎么提醒他不必如此客气，他都不肯直呼她的名字。

有人和昌达尔打招呼，他走过去和对方寒暄了几句，回来时有点不好意思：“我曾经在巴德岗城外的特里布万大学分校就读，在这里有不少人认得我。”

“你学的是什么专业？”

“我就读的是商学院。”

“那为什么做起了旅行社生意？”

“是命运的安排。还在读大学时我就开始做登山向导，大学后三年的学费都来自当向导的收入。我天天带队上山，没时间上课，毕业前学院告诉我论文没有通过，我也就彻底放弃了做办公室白领的念想。

“再说，在尼泊尔这样一个国家，还有什么行业比旅游业更有前途？”昌达尔露出一口白牙，笑着补上一句。

然后昌达尔再次站住。路捷已经有了经验，知道这里一定又是一个他想要介绍的景点。她跟着他走进路边一间黑暗的小铺。天花板很低，上面挂着一只瓦数很小的白炽灯泡，微黄的灯光下，一个戴着毛线帽的矮小男人站在柜台后面，在他身旁，是大大小小的红陶罐。

男人在昌达尔的示意下，从背后取了一只中等大小的陶罐递给路捷。路捷揭开罐口覆盖的一张白纸，觉得这像是一罐奶制品。用塑料小勺舀起一块尝尝，发现这是比常见的酸奶更为浓稠、口感接近于奶油的原味脱水酸奶。

“这是 jujudhau，离开了巴德岗就尝不到了。”昌达尔一副骄傲的神情。店主也面带期许地看着路捷，等待她的热情回应。盛情难却，路捷只得一边赞赏一边吃掉了大半罐。见她实在吃不下，昌达尔接过路捷手中的陶罐，啪的一声摔破在店门口。

路捷很惊讶：“你干什么？”

昌达尔不紧不慢地回答：“在没有消毒措施的地方，只有这样才能够防止店家把用过的陶罐做二次使用。再说，你付的价格里包括了陶罐的费用，不是吗？”

这是任何旅行手册都不会告诉游客的内容。很久以后路捷才意识到，她在尼泊尔的旅行从这一刻起才真正开始。

五

那天的晚餐安排在塔丘帕广场旁边一家尼瓦尔风格的餐厅里。尼泊尔的电力供应不足，餐厅里黑乎乎的，只在收银台的上方悬挂着一盏节能灯，发出蓝盈盈的光。侍者端上树叶铺底的餐盘，上面堆着舂成片状的米饭，已经接近半干燥状，口感很有嚼劲。佐餐的小菜盛放在小铜碗里，光线太暗，路捷无法看清究竟是什么食材，只能凭口感判断那是一些用咖喱煮熟的豆子和土豆。

昌达尔把勺子递给路捷，但他自己用手吃。他先把铜碗里的菜倒一部分到米饭里，然后用右手把饭菜混合物捏成小团，一团团地放进嘴里。

整个餐厅里只有他们和一对白人夫妻，侍者远远站着看着他们。

昌达尔吃得很快，把最后一团饭菜放进嘴里后，他说："Ma'am，你能不能跟我讲讲你来尼泊尔旅行的原因？"

路捷想起闺密的牙箍和自己停滞的生活，但现在好像不是讲起这些的时机，于是反问他："你觉得我是出于什么目的来到这里的？"

昌达尔把擦干净的双手放在膝盖上，身体微微前倾，说："你的邮件里没有要求安排徒步和滑翔伞的行程，我想你对探索身体的极限没有兴趣；你要求我尽可能多地安排游览神庙，我想你是希望探索灵魂的极限。"

路捷的勺子停在半空，心想：这个皮肤黝黑的导游，怎么能一眼看穿我的内心？

"如果你感到困惑，确实应该来尼泊尔。这是众神飞舞的国度，你可能在任何地方遇见神，只要遇到合适的契机，很可能瞬间就会得到解脱。你看周围的尼泊尔人，是不是都很平和？"

“难道你们没有苦恼和困惑？”

“苦恼和困惑是生命必经的部分，发生在生命里的一切都是来帮助我们成长的。”昌达尔平静地回答。

“Ma’am，你有没有宗教信仰？”沉默了片刻，昌达尔又问。

“我想自己还没有做好准备去信仰任何一种宗教，但我尊重一切信仰。”

“你知道吗，在机场外看见你的第一眼，我就觉得你不快乐。你的能量没有在身体里自由流动，生命力受到束缚。又或者，你是在思念什么人。”昌达尔的语气很平静，但每一个字都重重地落在路捷心上。

昌达尔继续说：“你要相信自己的能量，相信发生在生活中的一切都是最好的安排。如果你思念，那就思念。思念也是生活应有的一部分。”

昌达尔的话音刚落，餐馆里忽然一片漆黑。停电了。店家似乎早有准备，侍者从柜台后面拿出打火机，点亮了桌上的烛台。

整个巴德岗都陷入黑暗之中。他们结了账，在漫天的星光下慢慢走回旅店。没有电的城市仿佛回到了中世纪。路边的店铺还没有关门，室内摇曳的烛火照出木雕神像的脸。石板路上有行人和他们一样摸黑行走，脚步声清晰可闻。水井边还有女人在黑暗中洗衣服，哗啦啦的水声和她们的谈笑声一起传来。尼亚塔波拉神庙的轮廓即便在浓重的夜色中也清晰可辨，他们穿过它近旁的小巷，爬上陡峭的楼梯，回到房间休息。

昌达尔在门口递给路捷一个小小的手电筒，然后道声晚安离开。路捷的眼睛已经适应了黑暗，摸索着洗漱上床。窗外的风铃发出轻微的声响，房间里还是有种陌生的味道，但这一次，她觉得是檀香。

六

巴德岗的清晨非常繁忙，天还没有全亮，街道上就传来各种声响。先是巴依拉布纳神庙外的大钟被敲响，然后就是清早祭神的女人们的脚步声。

巴德岗女人每天要做的第一件事，就是带着祭品礼神。她们托着小铜盘，盘里是新鲜的花朵、香绳、水果和一些米饭。走出家门后，她们沿着曲折蜿蜒的小巷行走，向经过的每一座神庙和神龛献祭。也有早起的男子，走到神像前用头触碰一下神像的脚，但巴德岗的早晨还是属于女人的。早起的女人们还会去水井边排队打水，把水洒到石质的神迹上。巴德岗的大街小巷处处皆是神迹，来自主神梵天、毗湿奴、湿婆、雷神因陀罗、风神伐尤、雨神帕舍尼耶、火神阿耆尼、水神阿帕斯……于是到处都是湿漉漉的神迹。这样的程序在巴德岗的生活里天天发生，这是当地人向神灵说早安的仪式。

然后就是女人们洒扫自己室内户外的声音和店铺开张的声音，巴德岗世俗化的一天就此展开。

昌达尔在早餐时说，路捷的同学希瓦今天要来看她。路捷还记得希瓦在日本时的样子：身材矮小，肤色微暗，黑发浓密，笑起来眼睛眯成一条缝。他和酷似印度人的昌达尔不同，相貌上几乎没有雅利安人的特征，第一次见面时，路捷还以为他是来自云南或西藏的中国人。希瓦在尼泊尔海关工作，家境殷实，被尼泊尔政府选派到日本国立政策研究院就读期间，曾经把夫人和幼小的儿子接到东京探访。

再次见到希瓦，是在巴德岗正午的艳阳下。他比在东京时胖了不少，有了圆滚滚的肚子和厚厚的双下巴，但笑起来就眯成一条缝的眼睛没有变，他身边是穿着红色纱丽的夫人，端庄秀丽的面容也没有变。

希瓦大步走到路捷面前，热情地用力握手，夫人双手合十，对路捷说“Namaste”。他们寒暄完毕，昌达尔才静静地走过来，单膝跪在希瓦和夫人面前，伸出右手触碰他们的膝下，然后再用右手碰碰自己的额头。

希瓦回国后的生活更加富足，出身尼泊尔名门望族的他，如今有了海外留学背景，在政界更加呼风唤雨。午后希瓦还有重要的会议，与路捷小坐片刻就带着夫人离去了。

路捷和昌达尔坐在杜巴广场旁的咖啡馆里，他喝加糖的奶茶，她喝拿铁咖啡。路捷对昌达尔刚才向希瓦行的礼很有兴趣，就请他介绍。他没有直接回答，而是问路捷："Ma'am，你知道我们印度教的种姓制度吧？"

路捷点点头："在书里读到过。"

"希瓦兄长出身于尼泊尔著名的普拉萨德家族，是尊贵的婆罗门。婆罗门是最高种姓，也就是最高贵的人。很多印度教徒到今天还认为，即便是国王与婆罗门相遇，也需要向婆罗门行礼让路。"

"那你呢，是什么种姓？"

"我出生在加德满都东北的比拉塔纳佳山区，是刹帝利。种姓制度在尼泊尔的农村和山区影响力非常大，从小我就被要求要像敬畏神一样尊重婆罗门。印度教经典《梨俱吠陀》里讲道，原始巨人普鲁沙死后，大神梵天用他的嘴造出了婆罗门，双臂造成了刹帝利，双腿造成了吠舍，双脚造成了首陀罗。每个种姓的尊卑贵贱是天定的，并在累世的轮回中不可变更。每个种姓都有自己在世间的责任和义务，不可跨越。

“婆罗门生来专事祭祀和传授知识，希瓦兄长能够在日本学有所成是婆罗门应有的骄傲。刹帝利的职责是保护国家，在过去多为国王、将军和武士。我不知道自己从事旅游业，把尼泊尔的美好向世界传播，是不是尽到了一个刹帝利的本分。”说到这里，昌达尔的脸上拂过一丝不易察觉的困惑。

“那剩下的两个种姓呢？”

“吠舍被认为是向社会提供物质资料的种姓，所以基本上都从事农业和手工业，也有不少吠舍经营商业。加德满都谷地的尼瓦尔人精于艺术和工商业，绝大多数都是吠舍，他们也是巴德岗这座艺术之城的创造者；第四个种姓是为上面三个种姓服务的首陀罗，他们没有接受教育的权利。此外还存在着没有种姓的贱民，他们被叫作不可触摸的人。

“希瓦兄长从小就聪慧过人，大家都说这是婆罗门才有的天分。夫人同样出身于尊贵的婆罗门家族，我像敬畏神一样尊敬他们。每一次见到希瓦兄长，我都会向他行触脚礼。”

路捷没有想到，在东京时一起做group presentation、一同分享外卖比萨的寻常同学，在昌达尔的眼里和心中竟然是神一样的存在。自己大喇喇与之握手寒暄的人，昌达尔竟然需要以头触脚来表示敬意。眼前的这个世界，是不是自己曾经以为的那个世界？人与人之间，是否真的存在如此天差地别的不同？

路捷端起已经凉了的咖啡，问了个有点冒犯的问题：“你觉得这样的信仰正确吗？”

“也许不是所有的信仰都正确。”昌达尔喝了一口茶，不紧不慢地回答，“可是这又有什么关系？只要能够引领人们不去误入歧途，任何信仰都是好的。”

路捷没有想到他会如此平淡又智慧地回答这个问题。眼前这个安静的人，仿佛不仅仅是个从事旅游业的刹帝利。

昌达尔打断了她的思绪，他问路捷：“你知道希瓦兄长的名字在尼泊尔语里是什么意思吗？”

路捷摇头。

“那是毁灭大神湿婆的名字。”

七

游览完巴德岗的杜巴广场，昌达尔带路捷走出城门，来到Navpokhu Pokhar水池旁。这是人工砌起的一个方塘，四周环绕着低矮的围墙。太阳已经渐渐西斜，天边是越来越浓艳的晚霞。水面上金色的波光粼粼而动，隐约能够看见水中有硕大的褐色鲤鱼游动，让路捷想起在日本白川乡合掌村见过的锦鲤。

“这里曾经是马拉王朝国王的放生池，池中的鲤鱼代表凡尘中充满苦难的生命，放生就是希望它们跳脱轮回，从此以后能够在这里静静终老，不再有人打扰。”昌达尔一边说，一边在池边台阶的角落坐下来，为路捷留出台阶的正中。

路捷跟着他坐下来，看见不远处几个孩子带着食物站在池边投喂鲤鱼。果然如昌达尔所说，这池中的鲤鱼安全饱足，已经摆脱了生命之虞。

“昌达尔，这个小小的池塘就如同鲤鱼的天堂。可是再饱暖的池塘，不也如同一个小小的牢笼？这些鲤鱼，即便有人投喂保护，它们不也是没有自由？”路捷想起在日本时被问到的问题。

“Ma’am，我不知道你所谓的自由指的是什么。我所知道的是，生而为鱼，这些鲤鱼享有的就是鱼类的自由。如果生而为鱼，却要翱翔天空或者跋涉四方，那不论这方池塘还是大海，对于它们都是牢笼。”

路捷被他的回答惊到，不知如何回答，但昌达尔也不需要回答，他接着说：“就如在印度教经典《薄伽梵歌》中，大神黑天对阿周那所说的那样：‘婆罗门的义务是恪守正义，刹帝利的义务是打仗，吠舍的义务是种田经商，首陀罗的义务是伺候别人。’任何人都有自己的义务和边界，探寻边界之外充满风险并可能导致错败，只有在界限内的自由才会被大多数人接受。”

路捷沉默地坐在池边，看着晚霞从绯红变成暗红，感到夜风渐渐变凉。昌达尔也静默地坐着，似乎在等待她的下一个问题。

“可是昌达尔，难道鱼就不能有翱翔天空的梦想？难道作为一个刹帝利，你就甘心接受种姓的安排，从不曾探寻生活的其他可能？”

“Ma’am，我生来就是印度教徒，刹帝利的种姓将伴随我一生甚至累世。我出生在偏远的山村，那里没有婆罗门，我的父亲是村里最为德高望重的长者。从我记事起，他就不断教导我遵循印度教的教义。

“年幼时我不懂得刹帝利相对于其他两个种姓的尊贵。那时我家雇了两个首陀罗来干杂活，他们的孩子有时候也会到我家的院子里帮忙。

我十岁那年的夏天，天气特别炎热，正午时候的太阳毒辣得让人不敢走出去。首陀罗和他们的孩子不得不停下手里的活儿，在我家屋檐下躲避一会儿阳光。

“父亲正在午休，我悄悄地把两个首陀罗的孩子带进我的房间，那里阴凉通风，还有男孩子都喜欢的木手枪和象棋。我们三个孩子玩得正开心，父亲怒不可遏地冲了进来，他举起手里的皮鞭狠狠地抽向两个首陀罗孩子。我看见他们头上、肩上瞬间出现了血痕。那之后父亲辞退了这两个孩子的父亲，因为他们对高种姓的亵渎。

“父亲也没有饶过我。那天晚上我挨了人生中的第一次打，开始我还和父亲抗辩，父亲怒问我：‘你不怕失去种姓？’我哭喊着说：‘我不计较种姓。’父亲一边用鞋底抽打我，一边说：‘那我就把你赶出家门。’

“当然最终他并没有赶我出家门，我也学会了妥协，开始适应在种姓的框架下生活。后来我到加德满都上中学，课外活动常踢足球，自然会不小心踢到或碰到婆罗门同学。按照教义，低种姓的人是不可以随意触碰高种姓人的身体的，但那时的我已经学会在比赛结束后恭敬地向他们道歉，父亲知道了也并没有对我进行责罚。如今我能够坦然接受首陀罗对我的殷勤服务，也会尽我所能帮助出身贱民阶层的孩子获得受教育的机会。从去年开始，我资助了两个山区的孩子接受基础教育，希望有一天他们能够走出深山，用知识改变不可被触摸的命运。

Ma'am，如果说自由，我想这就是一种可行的自由。

“生而为鱼，追求江河湖海没有错，但向往翱翔在蓝天，那可能只会带来痛苦。”昌达尔说完就站了起来，“不早了，我们走吧。”

天边的最后一抹晚霞消失在黑暗中，池水里的鲤鱼也隐没不见。

八

时间在巴德岗似乎变得缓慢。这座12世纪建造起来的古城，像一个被落在时代后面踽踽独行的老人。街道上到处都是慢悠悠走着的当地人，游客们也好像受到了感染，脚步也变得缓慢。

昌达尔带着路捷在一座座古建筑里出入，他们看过辉煌的金门和繁复的五十五扇窗。老王宫辉煌的金门是马拉王朝富庶的象征，关于五十五扇窗的传说有很多，其中之一是，曾经每一扇窗后都站着一个等待被国王宠爱的妃子，带着幽怨望向国王经过的庭院。他们走过城里著名的祭司老宅，柚木窗棂上雕着一只孔雀，以开屏的姿态度过了五百年时光。对面的店铺门外有只翠绿的鹦鹉，站在笼子里偏着头看他们，它不知道自己身边的窗扇上，另一只鸟类的生命可以如此悠长。

五百年来巴德岗的生活可能也和木雕孔雀一样，没有改变分毫。神像的脚下铺展着小贩的菜摊，他的货物是鹰嘴豆、辣椒、生姜和洋葱。在他身旁是售卖咖喱黄豆的小吃摊，这种又咸又辣的吃食要被夹在膨化的玉米饼里食用，几个穿着校服放学回家的女中学生叽叽喳喳地围在摊头，等待摊贩把她们的小吃做好了递过来。露天市场的一角有点喧哗，那是一个屠夫在宰杀一只黑山羊。

路捷觉得心里不适，就要求昌达尔绕开那个流血的角落。昌达尔带她快步转到小巷中，走出几十米后就是杜巴广场。

他们在杜巴广场边的歇廊坐下后，昌达尔说："Ma'am，我也不喜欢看见杀羊。小时候家里养了很多山羊，我放学后经常赶着它们上山吃草。

"我还在上小学时，村里忽然来了一大群陌生人。他们在村子中心的空地上搭起帐篷，布置成会场的模样，然后挨家挨户张贴标语，标语上写着：'耕者有其田，免除农民的一切债务。'

"这是我从没有见过的场景，好像一场热闹的大戏拉开了序幕。我忘记了放羊，为了能够跟随他们，我甚至开始逃学。年幼的我还不明白什么是民族平等和消灭失业，但是我记得村里的贫苦农民在听到他们的演说后，眼中放出光彩。

“他们到村里来的时候，雨季刚刚开始。天空总是阴沉沉的，时常落下雨丝。这群人的领袖留着整齐的髭须，面色暗黑，举止神秘，平时很少说话，发表起演说的时候却慷慨激昂。村里有人说他的好口才来源于婆罗门的出身，也有人说他的学识来自于多年的教师经历。很多村民被他的演说感染，一些女人自发为他们打水烧饭，男人则聚集在帐篷下不愿离去。

“夜幕降临后，他们燃起篝火，围坐在一起吟唱尼泊尔传统民歌，那感觉就像是一场久久不散的欢乐聚会。有一个晚上他们神秘地集体消失，再次出现在村里时，手里多了枪支和现金。我听父亲说，那天他们用自制的土枪袭击了镇上的警察哨所。

“在第二次袭击镇税务所失败后，他们决定连夜转移。那是个下着大雨的夜晚，村子里的狗察觉到了异常，吠叫了整夜。村里的很多年轻人就是在那一夜加入了他们，从此以后征战在尼泊尔的山区。我因为年幼无法追随他们，感到非常遗憾，难过了一整夜。

“第二天村中心的空地上一片狼藉，匆忙离开时，他们留下了散乱的传单和一地垃圾。突然我的姐姐哭叫着跑来向父亲报告：家里的羊全都不见了。我跟着父亲赶到后院，看见空荡荡的羊圈外面，鲜血染红了土地。他们杀光了我家的山羊，带着羊肉离开了。

"很久以后我才知道他们被叫作尼共毛派，留着髭须的领袖叫作普拉昌达，这个化名的意思是愤怒的火焰。就是这团愤怒的火焰和他领导的党派，在 2008 年终结了尼泊尔的君主制度。"

九

陶器广场隐藏在林立的民居中间，一不小心就会错过。这里红砖漫地，与其说是个广场，不如说是一个露天的陶器市集。

巴德岗城边的土壤非常适合烧造陶器，1300 年来，这里一直是尼泊尔的制陶中心，巅峰时期垄断了尼泊尔 70% 的陶器生产。现代以来，陶器在生活中慢慢式微，巴德岗的陶器广场也渐渐失去了往日的辉煌，变成了一个招揽游客、兜售纪念品的所在。

路捷走进广场边的小铺里看着工匠拉坯。这是个五十多岁的男子，头戴一顶 topi[1] 软帽，右耳边漫不经心地别着一小朵红花。他工作的时候一句话也不说，只是在切下拉成的陶坯换上新的黏土块时，会向路捷腼腆一笑。他的妻子正在门外，把刚出窑的数十个陶罐摆出来晾晒。

昌达尔在店外的摊头挑挑拣拣。路捷走过去，问他在寻找什么。

[1] 尼泊尔男人在正式场合佩戴的船形软帽，多由棉布制成。

“我想给妻子米娜买个礼物。”他拿起一只黑陶小象，问路捷，“你觉得这个怎样？”

这个黑陶工艺品非常袖珍，象身加上伸展开的象鼻，总共也不过五六厘米长。做工倒是很细致，象背上有细密的花纹，象尾还盘成了近乎于阿拉伯数字 8 的形状。

“我和米娜结婚十周年的日子就要到了，可是她说什么礼物都不需要。”昌达尔犹豫再三，还是把小象放了回去。

“米娜就出生在陶器广场西南角的象头神伽尼什庙旁。”昌达尔指了指旁边一座两层屋顶的建筑，“她来自富庶的刹帝利家族。最繁盛时，她的祖父拥有陶器广场的五六家作坊，是巴德岗富甲一方的望族。

“米娜的父亲在印度新德里接受了大学教育，会说流利的印地语和英语。留学回国后他变卖了巴德岗的陶器作坊，举家搬到了加德满都，在泰米尔区开设店铺和餐馆。米娜的两个哥哥也都接受了很好的教育，一个是加德满都著名的心脏科医生，另一个是尼泊尔制宪会议的议员。

“我和米娜相识在特里布万大学的商学院。那时候她是学院里最引人瞩目的女孩子，家世优渥，相貌端庄，很多男孩子都在背后悄悄地仰慕她。但最终她的选择是我，我想这是我的幸运。

“米娜的母亲非常反对我们交往，她认为女儿应当嫁入更富裕、更有名望的家族。我虽然出身高阶层的刹帝利，但家庭的经济状况并不好，家族世代是山区地主，但是连年旱灾，家里的土地歉收甚至绝产，我连大学学费都快要交不起了。

“我的父亲也反对这门婚事。他认为米娜家族世代经商，背叛了刹帝利的尊严，而且从亚种姓上来说，米娜的家族要低于我家。为了阻挠我们，父亲开出了很高的嫁妆要求。

“米娜的父母对我父亲的要求非常愤怒，但是米娜自己坚持要嫁给我。为了我们的结合，也为了我的尊严，我和米娜商定，这笔嫁妆由我们自己负担，不向米娜的父母要一分钱。

“我的英语不错，身体也很强健。通过在国家旅游局工作的亲戚，我搞到了一张山地导游执照，开始当登山向导。这个工作收入不错，两年后我不但付清了学费，还凑够了父亲索要的嫁妆数目。

“大学一毕业，我就和米娜结了婚。婚后米娜没有去工作，而是安心在家做起了全职太太。我在泰米尔最贵的区域租了一间办公室，开设了自己的登山向导公司。如今我和米娜的女儿已经八岁了。”

不知不觉他们已经走出陶器广场很远。昌达尔说完这段话忽然站住，但这一次不是有新的景点要向路捷介绍："Ma'am，抱歉请等一下，我还是想把那只黑陶小象买给米娜。"

说完，昌达尔飞快地向着陶器作坊走了回去。

十

离开巴德岗的前一夜，昌达尔带路捷去了另一家尼瓦尔餐厅。这天停电的时间比平日更早，他们刚刚迈进餐厅，侍者就点起了蜡烛。

昌达尔点了 Sekuwa 做主菜，这是不加香辛料，只用盐巴烤制的山羊肉，口感紧实，肉香四溢。佐餐的主食端上来时，即便在昏暗的烛光下路捷也一眼就认了出来，脱口而出说："腌青杧果和馕。"

昌达尔有点惊讶："Ma'am，你对南亚菜很熟悉？"

那一瞬间，路捷在东京台场公寓的开放式厨房仿佛就在她眼前。结束了青森和北海道漫长的旅程后，在冰箱最下面隔层里迎接她的就是这样的腌杧果。离开日本一年了，路捷以为自己已经渐渐淡忘了那时的一切，仿佛在东京的那一年和那一场地震都从未发生过。

但命运还是留下了一些可供回忆的线索，就如同当时遗落在她房间里的那张乌尔都语报纸和眼前的这碗腌杧果。这些隐秘的符号，串连起尚未被参透的际遇。

路捷拿起叉子和铜勺，在摇曳的烛光下开始进食。昌达尔也并不追问，安安静静地用右手撕开滚烫的馕，就着烤羊肉和洋葱丝吃了起来。

餐厅里虽然只有他们这一桌客人，侍者还是把神龛旁的蜡烛也点亮了。那是临近走廊的一个小龛，上面摆放了三尊颜色鲜丽的神像。

昌达尔见路捷凝视着神像，说："这样的神龛很少见，我想一定是为了取悦游客的缘故。"

"为什么？"

"因为那上面的三尊神像是印度教中最主要的三个大神，梵天、毗湿奴和湿婆，他们一定想不到会肩并肩地站在餐厅的大堂里。"昌达尔笑着说。

侍者撤掉餐具后，路捷站起身来到神龛前。左边的神像全身红色，长着四个脑袋，腰上系着一条虎皮裙，左肩搭着一条丝带，一只手握着权杖，另一只手托着一只钵，胯下是一只天鹅；右边的神像皮肤呈深蓝色，长着四只手，分别握有权杖、法螺、宝轮和莲花，坐骑是一只半人半鸟的神兽；中间一座神像呈站姿，面容俊美，体态挺拔，手里紧握着一把三叉戟。

昌达尔走到路捷身旁，说："红色的是大神梵天，他主宰创造，不但天地万物由他产生，人和其他神的思维和情感也都来自他。据说从他的大腿生出魔鬼，从嘴里生出神，从两肋生出人的祖先，从身体生出人类，公正产生于他的胸部，欲望产生于他的心脏，愤怒来自他的眉毛，贪婪出自他的嘴唇，死亡来自他的眼睛。

"蓝色的神像是保护大神毗湿奴，他充满爱和同情心，总是在人间有灾难时化身下凡，斩妖除魔，救黎民于水火。

"中间的大神具有复杂的性格，既是暴烈的毁灭者，又是生殖力量的象征；既是禁欲的苦行者，又是欢乐的舞蹈之王。他的名字是湿婆。"

蜡烛的微光摇曳，三尊神像似乎也微微颤动。湿婆大神的面容最为生动，似笑非笑，好像有许多话要说。

路捷问昌达尔："在这三位大神中，你们印度教徒最崇拜的是哪一位？"

昌达尔沉吟片刻，然后回答说："印度教经典《摩诃婆罗多》中讲道，创世完成后，梵天被尊为具有宇宙能量的大神，可是当他与自己创造出的魔鬼发生冲突的时候，他也需要保护之神毗湿奴的护佑，毗湿奴于是皱起眉心，从他的眉头中跳出了湿婆，挥舞着三叉戟，毁灭了魔鬼。这是很好的隐喻，告诉我们，世界既已造就，就需要把精力放在保护上，并取悦具有毁灭伟力的大神。”

他停顿了片刻，接着说：“创造之神令人敬佩，保护之神令人亲近，毁灭之神令人畏惧。”

“那岂不是很讽刺，最终还是恐惧在信仰中占了上风？”路捷继续问他。

“Ma’am，道理并不是如此简单直白。湿婆之所以以毁灭之神的样貌出现，是因为世间万物最终都要腐朽破败，所以毁灭是宇宙的必须，只有创造、发展而没有毁灭、消失，这个世界是不能平衡的。换一个角度来看，毁灭也意味着间接的创造。从这个意义上说，湿婆又是重新创造之神。毁灭并非消失，而是以新的形式出现，是事物对自我的否定与重建，因此我们也认为，湿婆是新生与光明之神。

“兼具破坏与重建的力量，这就是湿婆大神赢得敬畏的原因。”昌达尔说完，向三座神像合十行礼，然后转身去结账。

整个巴德岗再度笼罩在黑暗中。路捷已经渐渐习惯这样浓重的夜色，坚持不打开手电，和这里的居民一样摸黑前行。不时有提着油灯的女人走过，手里托着叶子做成的圆盘，里面是一点点米饭和几朵花，走到巷子的角落停下来，放下盘子后行礼离开。昌达尔说她们是在祭祀不知名的神灵或鬼魂。

转过陶器广场的街角，远远地看见一团火光。那是街边一座窄窄的歇廊，一个老人盘腿坐在火盆边，带领着一群男人吟唱着像是经文又像是民歌的曲调。

“他们在做 Puja（礼拜）。”昌达尔轻声告诉路捷。

老人不时摇动手里的铜铃，发出清越悠长的回音。吟唱的人们面色安详，身体微微晃动，如同进入集体催眠。在老人手边，是一个撒满了万寿菊花瓣的铜盘。

“他们在赞颂大自然的三个状态：光明、阴翳和彻底的黑暗。”静静地听了一会儿后，昌达尔解释说，“也在赞颂创造、保护和毁灭。”

在他们离开前，昌达尔提醒路捷注意：“铜盘的花瓣下是一个三叉戟，那是湿婆大神的象征。”

这个深夜的 Puja，是在向毁灭与重建的大神表达敬意。

如露如电

十一

从巴德岗到博卡拉，地图上的距离不过两百多公里，出乎路捷的意料，大巴竟然走了将近八个小时。

和他们同乘一部中巴的人来自世界各处。上车前，穿着破旧纱丽的尼泊尔中年女人很不放心地把一个藤条筐交给 Greenline 交通公司的搬运工，然后眼睁睁地看着他把藤条筐甩上车顶，哗啦一声，里面像是有东西碎裂的声音，纱丽女人撇撇嘴，有点心疼又无奈的样子，但还是什么都没有说，带着孩子钻进了车厢。从米兰来的一家意大利人热热闹闹地在车上说了一路的话，轻快的意大利语既像是争吵，又像是开着玩笑。一个韩国姑娘独自上车，手里一直拿着一本韩语版新世界译本的《圣经》，哪怕车子颠簸到好几个人开始呕吐，她也没有停止阅读。一个泰国僧人穿着鲜艳的黄色僧服，剃得很干净的头皮泛出青色，他鼻梁上的手作木框眼镜和肩上的国际品牌背包，显示出其良好的经济状况。一对中国情侣穿着一样颜色的冲锋衣，手里拿着一大摞打印出来的旅游攻略，经过路捷身旁时，全然无视她的微笑，面无表情地在她身后的座位上坐下。

车子在崇山峻岭间穿梭，渐渐远离加德满都谷地。太阳越升越高，烟霾逐渐消失。山上的树木郁郁葱葱，天空开阔澄净。公路一直与河流并行，时而穿越村庄。有村民在层层叠叠的梯田间劳作，天上不时有苍鹰飞过。

四个小时后到达休息区，乘客们纷纷下车。这是个临河的度假村，浓密的竹林掩藏着一幢幢度假小屋，庭院的正中是一个池底被漆成碧蓝色的游泳池。在前不着村后不着店的尼泊尔山区，这样的游泳池真是奇怪的存在。

乘客们排着长队取用自助餐。米兰来的男主人在和中国情侣说话："导游说他找不到大麻，我们才不相信呢，你看，最后还不是给我们在泰米尔找到了？我们把旅馆门反锁起来，悄悄地抽。我老婆胆子好小，她不敢试，还说什么要留一个人保持清醒，别惹出麻烦……"在他说这些话的时候，他那十几岁的儿子正在和妹妹嬉闹，一不小心把装在软塑料杯里的摩卡咖啡冰激凌打翻在地。纱丽女人和孩子排在最后，她自己只取了些咖喱豆子汤，却给孩子盛了满满一大盘炸鸡。泰国僧人坐在角落的太阳伞下独自吃饭，他身边盛放的金鸡菊和僧服的黄色相互呼应。韩国姑娘似乎没有吃什么东西，早早地就站在中巴旁等待，路捷看见她把《圣经》夹在腋下，点上了一支烟。

再上车时意大利人一家已经和中国情侣成了朋友，相约在博卡拉一起乘坐滑翔伞，还交换了彼此的脸书账号。昌达尔从背包里拿出一副带钢板的护腰戴上，他说坐得久了腰伤会复发。路捷已经习惯了坑洼路面带来的颠簸，不一会儿就睡着了，迷迷糊糊间听见昌达尔说："下雨了。"

天色擦黑的时分，车子终于驶进博卡拉老城边的车站。街道上空空如也，地面被雨水冲刷得泛着亮光。同车的人们被各自预订旅店的伙计接走，像雨滴打在地面上，消失不见。

十二

第二天一早，天气晴朗。洗漱后走出房门路捷才发现，昌达尔给她预订了多么好的一间客房。站在旅店顶层的阳台上，四下全被鸟鸣声环绕，向下望去，一座小小的白色佛塔就在近旁，佛塔下蜿蜒的小路直通向平静的费瓦湖。回头向上望，金字塔状的鱼尾峰直插云霄。

路捷被雪山的壮美深深震撼，在阳台上一直站到昌达尔走过来说早安。他说：“今天我们到费瓦湖边走走。”

穿过博卡拉湖滨区店铺林立的主街，裹挟在肤色语言各异的游客中间，他们不紧不慢地走着，不一会儿就来到了湖边渡口。

晴朗的天空，瞬间飘过一片雨云，笼罩在渡口上空，落下疏疏落落的雨滴。他们和几个尼泊尔姑娘一起躲进渡口的铁皮棚子下，大滴大滴的雨点打在棚子顶棚上，发出清晰有节奏的声响。年轻的尼泊尔姑娘们穿着鲜艳的纱丽，大红大绿相配，却不显得恶俗。也许是因为她们的眼睛太清澈，也许是因为她们脸上一直洋溢着明媚的笑容。

尖头小木船 Doongas 是往来费瓦湖两岸的交通工具，此地人看来多爱热闹的色彩，木船的颜色被涂成天蓝、鹅黄和翠绿，漂荡在清澈的湖面上。雨势减弱，皮肤黝黑的船夫纷纷将木船划向渡口。姑娘们嬉笑着跳上了船，湖面上荡开大片涟漪。昌达尔挑选了一个结实沉默的船夫，谈好价格后扶路捷上船。

费瓦湖的中心有座小岛，岛上的神迹是保护女神 Barahi 的神庙。大批鸽子聚集在湖心岛上，有包着艳黄头巾的苦行僧在向鸽群投喂大米。看完神庙，昌达尔和路捷再度上船，驶向湖南岸的山脚。

与船夫告别后，昌达尔对路捷说：“Ma’am，我们正式开始今天的徒步行程。”

这时路捷才发现，昌达尔戴上了厚重的护腰。他解释说：“我的腰受过严重的伤，如今久坐或久站都会疼痛。”

昌达尔一边在前面引路，一边不紧不慢地讲起了自己的经历：“我在泰米尔开设了登山向导公司后，生意做得顺风顺水，光是从脸书上接到的订单就应接不暇。半年后我雇了四个夏尔巴人，他们都身强体健，既能够当向导，又可以做背夫。平时我自己主要留在办公室里，但遇到重要的客人，我还是会亲自带队上山。”

沿着湖边的小道，他们一路攀爬向上。丛林浓密，阳光星星点点落在脚下。硕大的红色蜻蜓和斑斓的彩蝶在身边翻飞，巨大的乔木下长满了羊齿蕨。

这条徒步路线显然经过了修葺，路面平整，很少有令人感觉费力的坡度。昌达尔将行进的速度控制得很好，路捷稍稍感到吃力时，他就会停下脚步等待片刻。

“那时我经营的主要是博卡拉附近的 ABC 路线，也就是 Annapurna

Base Camp Trekking[1]，这条路线非常成熟，很少发生危险。

“在我和米娜结婚后的第三年，我接待了一个来自澳大利亚的团队。他们拒绝了寻常的徒步线路，而是要求定制一条穿越 Cho La 山口直达珠穆朗玛峰南坡大本营的路线。这是一条充满危险的路线，我并不情愿这样安排，但他们给出的费用很高，于是我接受了，并决定由自己和一个最有经验的夏尔巴向导带队上山。

“行程开始后我才发现，这六个澳大利亚人都是全无登山经验的新手，他们的兴致和意愿很高，却缺乏应有的体能和知识储备。第一次来到高海拔地区，他们在海拔五千三百三十米的 Cho La 山口集体遭遇了极为严重的高山反应。

“我看着他们因为高山反应而涨得发红变形的脸和青紫的嘴唇，建议整队原路下撤。可是没有人听我的，后来我回想，那时候他们的意识可能已经不是十分清醒。他们把我甩在后面，越过山口继续行进。

“Cho La 山口前方就是 Cho La 冰湖，这里地势稍低，位于山峰和冰川之间。表面看起来一片平静，其实这里是比山口更加危险的地方。湖面上层是厚达十到二十米的冰层，冰层上覆盖着陈年的积雪。在积雪上行走必须非常小心，因为一不小心可能就会掉进被积雪覆盖的冰

[1] 安纳布尔纳大环线，为世界著名的自助徒步路线。

裂缝中。没有人知道冰裂缝的深度。

“我对那天后来发生的事情已经记不太清，只记得走在最前面的一个人的手杖卡在了某个地方，第二和第三个人赶上去帮他，三个人的体重压塌了一块积雪。积雪塌陷下去，一条半米宽的冰裂缝渐渐显露出来。

“我和夏尔巴向导冲了过去，奋力推开了已经呆在原地的三个澳大利亚人。但是我自己一脚踏进了另一条隐藏的冰裂缝，身体一歪，整个人滑进了冰缝。

“我在下落的瞬间掏出了冰镐，用尽全力击向冰裂缝壁，然后就失去了知觉。

“再醒来时，我躺在紧急救援的直升机里。后来夏尔巴向导告诉我，他看见我的冰镐牢牢地插在冰壁上，我紧紧攥着冰镐手柄，腰后面是一块巨大的岩石。就是这块岩石，把我的腰椎撞坏了。

“但也就是这块岩石，将我卡在了下落的过程中，救了我的性命。”

接近山顶，杂草遍地，道路崎岖。路捷呼吸急促，额头和后背渗出细密的汗珠。在最陡的几个台阶，昌达尔都伸出手拉她一把。她从相机包的夹层里掏出纸巾擦汗时，听见昌达尔说：“一切发生了的都是最好的安排，我没有什么好抱怨的。”

他们爬上了最后一个陡坡。艳阳下，整个博卡拉展现在眼前。

十三

那天的徒步终止在山谷边缘的Pame Bazaar。天色还早，昌达尔建议搭乘一段公共汽车，还赶得及去看看戴维瀑布。

戴维瀑布的入口隐藏在路边的商铺中间，一不小心就会错过。沿着装有蓝色铁栏杆扶手的台阶一路下行，路的尽头是一条奔腾的溪流。水势很急，水流击打在满是青苔的河岸上，发出巨大的声响。让人惊奇的是，这样一条活力四射的河流，就在跌落下戴维瀑布后，消失在石缝中。

瀑布之下是一个叫作Gupteshwor Mahadev的地下溶洞，奔腾的溪流就是从地面上跌落至此。溶洞里水汽蒸腾，温度明显比外界高了不少。台阶旁供奉有象头神伽尼什和湿婆大神的坐骑神牛南迪的塑像，水滴从洞顶滴落下来，洞壁和台阶上长着青苔，又湿又滑。

昌达尔不断提醒路捷小心路滑，还告诉她：“原来人们不知道这条河的流向，认为它就在这里神秘地消失了。直到 1961 年，瑞士人戴维带着女友来到这个溶洞探险，女友不慎掉落进瀑布，戴维情急之下也纵身跳下扑救，两个人都消失在了水流中。几天后，他们的尸体在十几公里外的地上河道里被发现，从那天起，人们才知道这条河流的真正流向。为了纪念这对情侣和他们的爱情，这里被命名为戴维瀑布。”

见路捷不喜欢溶洞里闷热的湿气，昌达尔很快引领她走了出去。戴维瀑布距离博卡拉市中心并不远，他们决定走路回旅馆。

在路上，路捷问昌达尔：“你被直升机救起后发生了什么？”

昌达尔犹豫了一会儿，慢慢地说：“直升机把我送到了博卡拉的医院，医生检查后认为我不适宜再乘坐其他交通工具，于是我只好在博卡拉接受初步治疗。我打电话给米娜，隐瞒了伤情，只是说团队决定延长徒步行程，让她放心。

“在医院里躺了半个月后，我终于可以下床行走，大夫也同意我回加德满都。我觉得自己很幸运，大难不死，马上就可以回家继续我平静幸福的生活。我在电话里没有告诉米娜要回家的消息，想给她一个惊喜。

“那天我兴冲冲地打开家门，发现门口摆放着一双男式登山鞋，却不是我的。我高兴地叫着米娜的名字，但迎接我的并不是她的笑脸和亲吻。米娜从卧室出来时满脸惊恐，在她身后出现的，是我的另一个夏尔巴向导。

“一瞬间我觉得自己浑身的血液都凝固了，我眼前米娜的脸变得扭曲，我看见她扑倒在我脚下，痛哭流涕。而那个夏尔巴向导，则一声不吭地溜走了。

“我真替米娜感到不值，就为这样一个懦夫，竟然会置我们这个得之不易的婚姻于不顾。一想到我刚刚死里逃生，迎头面对的却是妻子的背叛，我的血液又好像瞬间熊熊燃烧起来。

“我推开米娜，愤然离开了家。那天我在加德满都的大街上漫无目的地游荡，腰疼得厉害就在路边坐上一会儿。我想过要和米娜离婚，可是一想到自己千辛万苦得来的这个家将不复存在，我就心如刀绞，再想到离婚后的米娜将受到娘家的歧视，生计都可能成为问题，我的心就无比沉重。

“我恨那个可恶的夏尔巴向导，他的脸仿佛在我眼前晃动，我不禁感到一阵恶心。但也不得不懊恼自己，因为是我把他聘进了公司并给他发薪水，还把他介绍给了米娜认识。我也恨米娜，她一定知道这样的行为会击垮我对婚姻的信任和对她的感情，可是她为什么还是这样做了？但我想起米娜为了和我结婚而节衣缩食的那些日子，以及她曾经对我温柔体贴的点点滴滴，我又下不了离婚的决心。

“那天晚上我可能踏遍了加德满都的大街小巷，将近黎明时分，我又走回了家门口。腰伤、情感打击和疲劳，把我的全部精力都榨干了。我虚弱无力地推开家门，看见米娜满脸泪痕地坐在沙发上，身旁点着一盏油灯。我什么话都没说，扑到床上就昏睡过去。”

天色已经擦黑，他们走到了旅店门口，暖洋洋的灯火让疲劳的路捷有种回到家的感觉。昌达尔看了一下表后说：“Ma’am，时间不早了，我会安排把晚餐送到你的房间。今晚请早些休息，明天凌晨四点我们就要出发，去萨朗科看日出。”

十四

萨朗科位于博卡拉城西北，海拔一千五百九十二米。每一本关于博卡拉的旅行手册上都会说，那里是观看安纳布尔纳群峰壮丽日出的最佳地点，晴朗的清晨，连绵起伏的雪山群峰会被阳光染上一层金色，壮阔景观令人惊叹。

那天晚上路捷早早上床躺下，却怎么也睡不着。空气燠热，在山路上行走了一天的双脚困软酸胀，怎么调整姿势都觉得不够舒适。房间里有只蚊子飞来飞去，嘤嘤嗡嗡的声音让她很是心烦。可是没有杀虫剂，她也不想起来大动干戈地把它找出来消灭，毫无疑问那会让仅有的一点睡意消失殆尽。

远处传来音乐和嬉闹声，费瓦湖边有不少餐厅、酒吧，里面坐满了来自世界各地的人。他们可能是美国困顿的蓝领工人，也可能是新加坡中规中矩的会计师，无论既往的生活是痛苦还是艰辛，当他们坐在费瓦湖滨的酒吧里，点上一杯血腥玛丽或者长岛冰茶，过去的一切仿佛都在音乐中消遁了。

那一夜路捷辗转反侧，睡着的片段时间被纷杂混乱的梦境充斥。东京六本木的酒吧、奈良古朴的寺庙、北京冬天厚重的雾霾和不知何方亮闪闪的雪山冰湖，都出现在她的梦中。

闹钟响起来的时候是凌晨三点四十五分。路捷迷迷糊糊地穿好软壳衣和徒步鞋，走过去拉开窗帘。

一瞬间她有点不相信自己看到的景象。几个小时前晴朗通透的夜空被倾盆大雨替代，雨帘密不透风，不时还有闪电划过。旅店前的街道这时已经变成一条湍急的小河，混浊的水流裹挟着路边的垃圾向费瓦湖的方向滚滚而去。

昌达尔敲响了路捷的门，征询她的意见，是否取消一早的行程。一道强烈的闪电后轰响的雷声给出了答案，昌达尔打电话给司机，让他不必前来接他们了。看见路捷的睡意已经全消，昌达尔建议到旅店楼下的餐厅喝一杯奶茶。

他们并不是最早来到楼下的人，几个白人已经坐在餐桌旁抱怨糟糕的天气和自己的坏运气了。等待奶茶送上来的时候，路捷对昌达尔说："给我讲讲那天你回家以后发生的事。"

昌达尔望着窗外的夜色，说："可能是由于腰伤后我的身体虚弱，也可能是因为精神打击太大，那晚我回家后就发起烧来。高烧持续了好几天，我的神志都不太清醒。米娜把医生请到家里来，医生检查后说我的情况非常危险，病毒感染加上腰伤复发，我能否康复就全靠护理和运气了。

"我记得米娜在医生的要求下给我戴上了钢板护腰，也记得她每天给我擦身清洁。那段时间我们很少说话，我默默躺着，她默默做着。这种情况一直持续到半年以后，我能够自己行走时才结束。

"那夜之后米娜再没有流泪，每天平静繁忙地料理各种家事。卧床的那段日子，我才发现家里有这么多事情需要处理，也才发现自己的衣食起居是多么依赖米娜。我开始反思自己曾经的生活模式，是否太看重金钱而忽略了家庭。

“我想这样的思考也发生在米娜心里，我看得出她对那件事的悔意，也看得出她对我的歉疚。六个月的朝夕相处，让我们像两个冷淡客气的陌生人一样，重新发现和认识了对方。

“我康复后的第一件事是注销登山向导公司。腰伤使我不再能像以前那样负重攀爬，我也再不愿长期奔波带队而忽略家庭。米娜对我的决定没有任何异议，虽然我们都明白，这意味着家里的经济条件从此以后会大不如前。”

侍者端来了奶茶，路捷喝了一大口，一股热流滑落到胃里，浓浓的甜味也缓解了过早起床的低血糖症状。

昌达尔接着说：“我和米娜都小心翼翼地不再提起那件事，如同一切从未发生。后来我常想，如果那时我不是摔伤了腰滞留在博卡拉，这样的事情是不是就不会发生？如果我不是为了给米娜惊喜而突然回家，是不是我就不会发现事情的真相？如果事情发生后我不是大病一场，是不是冲动之下我就会提出离婚？如果后来米娜对我和家庭不是如此尽心，我是不是就不会康复？如果不是后来的朝夕相处，我是不是就不会知道米娜在我生活中的意义？

“这些如果我都无法回答。但我知道，发生了的就是最好的安排，我对那场变故和之后的生活不但没有抱怨，反而心存感谢。”

他们静静地喝了几口茶后，昌达尔望着外面的大雨，忽然问路捷：“Ma'am，你对错过日出感不感到遗憾？”

路捷也望向窗外。雨势不减，天色却渐渐放亮，她端起奶茶一饮而尽，然后说：“借用你的话，发生了的就是最好的安排，只需接受。”

十五

早餐吃完后，忽然之间雨消云散，夜里的暴雨仿佛从未发生，天气若无其事地晴朗，仿佛和他们开了一个玩笑。

路捷背起相机包，和昌达尔再度走向费瓦湖畔。四处都是鸟鸣，空气清新得让人忍不住大口呼吸。路过刚刚开门的店铺，两个肤色黝黑面目清秀的女孩子正在互相梳头编发，她们身后的墙壁上画着醒目的涂鸦，一个长胡子戴草帽的神正举着一罐可乐喝，从他深蓝色的皮肤判断，这可能是保护大神毗湿奴的又一个现代化身。比萨店外已经坐了几桌客人，一边喝着咖啡一边或看书或闲聊，几辆送餐的摩托车停在门口，其中一辆上坐着一个两岁左右的女童，父母不知在哪里，小小年纪的她竟然能够在窄小的车座上玩耍许久。卖杂货的小贩头顶的大筐里堆满了各种颜色的塑料水壶和水桶，从路捷身旁经过时，路捷透过镜头望着他，他也好奇地望着她。穿着蓝色纱丽的两个老妇人坐在路中心的榕树下闲话家常，脖子上挂着长长的砗磲子念珠，手腕上戴着铜镯，两只狗趴在她们身旁，半眯着眼睛打盹。一个白人瑜伽士一瘸一拐地走到药房去，坐下后自己打开药瓶为左脚踝上药。街边民居的门牌号下贴着祈祷平安的图符，超载的TATA中巴驶过，扬起漫天尘土。

湖边的渡口依旧熙来攘往。岸边，是团队游客在排队等候上船，水里，一条条尖头船也在排队等候靠岸。穿着白衬衫和百褶裙的女孩结伴走路上学，一路之隔的湖岸上，一个赤条条的男孩跳进水里，游向远远漂着的红色水壶。浅水里几头瘦骨嶙峋的水牛喷着鼻息，稍远一点是两个青年在小船里张网捕鱼。湖水平静，微风之下波光粼粼，各种颜色的船遍布湖面，风起时，头顶的天空被色彩缤纷的滑翔伞填满。

一切都是反差，一切也都那么和谐。路捷想：如果没有昨夜的那场大雨，我会不会走在湖边看着这充满反差又和谐静好的一切？人生没有如果，一切发生了的就是应当发生的，没有更好的安排。

十六

夜幕降临，博卡拉变了样子。白天奔走劳作的本地人从街道上消失，整个湖滨区变成了外来游客的天下。尼泊尔风味的饭馆门口张贴着英文菜单，意大利餐厅的彩灯一直挂到街心，售卖羊毛披肩的店员站在街心，声称自己来自克什米尔，能说一口流利的汉语。路边的酒吧渐渐坐满了人，在灯红酒绿里每个人都看到了他或她想要看到的博卡拉。

昌达尔说当天的晚餐预订在廓尔喀风格的餐厅。餐厅是位于湖滨区最东边的一个大院子，红砖的院墙很整洁，院门口竖着两个高高的灯柱，上面各顶着一个欧洲风格的灯箱，照亮了方圆一大片地方。

在路捷看来，这顿廓尔喀餐和巴德岗尼瓦尔餐的口味区别不大，只是上菜的方式有些不同。米饭被小碗压成规规矩矩的半球形，扣在一只不锈钢圆盘的中间，同样大小的一碗黄咖喱酱紧挨着米饭。旁边略小的几个不锈钢碗里分别装着炒熟的油菜、腌渍过的萝卜和仿佛油炸后又经过炖煮的羊肉。一些切碎的生菜和胡萝卜铺在圆盘的角落，小碗之间还放着一块又薄又脆的面饼。

路捷拿起装着咖喱酱的小碗，不知道是应该把米饭放进酱里还是应该把酱拌进米饭。昌达尔看见路捷的困惑，主动示范给她看：用勺子把咖喱酱舀出一部分倒到米饭上，然后把米饭、酱汁和一部分生菜混合起来。这次他没有用手，而是用勺子和叉子配合着吃。路捷亦步亦趋地学着他的样子，入口后发现黄咖喱酱的口感比在巴德岗吃到的更辣，口味似乎在哪里曾经尝到过，但一时想不起来。

圆盘里脆脆的面饼，路捷是第一次见到，拿起来咔嚓一声就掰成了好几半。似乎是油炸或者煎出来的，口感微咸，还带着些许焦香。她问昌达尔："这个面饼叫什么？"

昌达尔回答说："这是帕帕冬。"

帕——帕——冬。这三个音节在路捷的脑海里轰然作响，东京的时光和阿什夫的脸瞬间出现在她眼前。

"那是一种薄薄的面饼，很脆。煎或者烤的时候要很小心，不然一下子就会煳掉。"在台场公寓的公共厨房里阿什夫说出这段话时的神情如同伸手就可以触碰。路捷惊讶地意识到，时间过去了这么久，记忆却一点也没有淡去。

她沉默地吃完了盘里的米饭和菜，最后才把剩下的帕帕冬碎片放进嘴里。唇齿间清脆的碎裂声，一定也曾经发生在阿什夫咀嚼这种薄饼的时候。路捷不曾想到，离开东京万里之外，在与她和阿什夫都毫无关系的尼泊尔，命运会用这样的方式再次把他们联系在一起。

夜色渐渐深沉，空气里潮湿的气息也渐渐浓重。晚餐还没有吃完，庭院里就落下了雨滴。侍者收走餐盘时，雨丝变得细密连续，不一会儿就变成倾盆大雨。

他们坐在敞开的窗户下望向庭院，在雨帘的对面，一组乐手正在亭子中间摆开乐器。鼓手和琴师都是戴着 topi 小帽的中年男子，拿着麦克风演唱的是个肤色黝黑的女人。轻快的乐曲响起来后，四个身穿绛红色衣裙、头戴大朵鲜红木棉花的女舞者登场，赤足在窄小的亭子里舞动。

侍者打着硕大的雨伞穿过庭院，送来装在小铜碗里的餐后甜品。舀起一勺还未送入口中，路捷就知道这是 kheer。眼前似乎不是夜雨中的博卡拉，而是梅雨笼罩的东京。阿什夫用木勺细细搅拌印度长米的姿势，他从冰箱里取出 kheer 成品时脸上略带不自信的表情，瞬间都穿过细密的雨帘出现在路捷眼前。

眼前这碗尼泊尔 kheer 冰凉甜蜜，一块小小的柠檬皮为这道牛奶做成的甜点增加了清新之气。刹那间路捷有种冲动，想要告诉阿什夫除了豆蔻和肉桂外还可以有别的调味选择，但转念间又马上明白，甜蜜中略带苦涩，那是属于东京的记忆，如今时间过去、空间转移，生活带给她和阿什夫的，必然是不同的滋味。

乐曲声更加热烈，四个长衣短裤打扮的男舞者也依次登场。他们手中挥舞着洁白的手绢，与女舞者婀娜的腰肢相呼应。

歌者唱了起来，那是尼泊尔最脍炙人口的情歌《Resham Firiri》：

木棉花开了，
你是何时开的花呢？
花落似白鸟飞下，
白色的鸟一直在飞啊。
你可能很累很累了，
是否想停下来休息？
还是你喜欢飞去，
那很远很远的地方？

摄火蹈刃

十七

从博卡拉到奇特旺的两百多公里路程险象环生。虽然已是雨季的末尾，但还是有不时骤降的暴雨，冲断了几处道路。浸透了水分的泥土承托不住路边的山石，大小不一的石块滚下山坡，造成了几次有惊无险的塌方。中巴司机都是富有经验的驾驶员，遇到这样的情况就远远把车停下，打开 TATA 中巴上的广播，听上几段欢快的乐曲后再继续赶路。

进入西瓦利克山脚下的拉伊平原后，温暖潮湿的气息扑面而来。中巴走到了终点，还没有下车，路捷就看见一个穿着卡其布衬衫的男人站在敞篷吉普车旁使劲招手，那是昌达尔预订好的丛林旅馆的向导拉贾。

吉普车开进密林，拉贾说已经进入奇特旺国家公园。草木越来越繁盛，树枝不时打在吉普车框上，发出的声响吓人一跳。游客中心在一片林间的开阔地，但路边的芒草长得快要和小树一般高了。小路上一个红色衣裙的女人用绳子牵着一只黑色的长耳山羊，山羊执拗地不肯向前走，女人在游客的注视下觉得有些丢脸，用手中的短棍狠狠地揍了山羊一顿。远处有人在收割芒草，不知要做什么用途。两三个孩子跟在几只山羊后面，山羊走到哪里吃草他们就跟到哪里，不知道是他们在放羊还是羊在放他们。路捷有点恍惚，这里完全就是偏远的乡村，国家公园的头衔是不是有点名不副实？

显然她的结论下得太早。小路上一阵尘土飞扬，一头亚洲象从林间走了出来。路捷没有想到这个铁灰色的庞然大物行进起来是如此之快，又是如此地悄无声息。它走过去很远路捷才注意到，大象的背上是一个铁杆做成的象舆，上面还坐着一个肤色黝黑的驯象人。

身边的游客一阵骚动，但马上又安静下来，拉贾把脖子上的望远镜取下来递给路捷，让她看从河边走过来的独角白犀牛。路捷看着它从望远镜里的一丁点灰色影子，一直移动到面前二三十米。这又是一个庞然大物，身上的厚皮如同甲胄，四条腿和象腿一样结实粗壮。等它走近了，路捷看见犀牛眼睛很小，时常半睁半闭，耳朵外沿长着一圈棕色软毛，在行进时微微摆动。它一边吃草一边向游客中心走来，对路过的几头大象和一众游客看也不看，显而易见它知道自己气势凌人。几只山羊不情愿地给它让路，一只白鹭落在了它的背上。游客们都屏息注视着它，路捷按动快门的声音显得特别刺耳。

昌达尔走到路捷身边轻声说："知道遇到犀牛袭击时如何保护自己吗？一定要呈'之'字形逃跑。"

路捷心里一惊，但回头看见的是昌达尔的笑容，他继续悄声说："据说犀牛只会直线前进。不过不必担心，这个技能我估计你用不到。"

夕阳西下，林间升腾起浓烟。拉贾说那是村民为了给家里饲养的大象驱赶蚊虫而点燃了芒草。下工回家的农民和驯象人越来越多，昏暗的天色下，羊群、水牛、大象都从身边经过，一个肤色黑到发亮的孩子，甚至还赶着一头双峰骆驼走过。粉红色的云朵从杂乱的电线上飘过，食物的气味从街道边昏暗的房屋中飘出来。

拉贾把吉普车停在一个种满了芭蕉树的庭院前面，这里就是他们在奇特旺要投宿的旅店。房间里悬挂着老式电扇和一顶浅绿色的蚊帐，高高的顶棚露出大梁和粗糙的木板。房间的三个方向都是硕大的窗户，透过百叶窗，路捷看见一轮金黄的满月从芭蕉丛深处升腾起来。

十八

一大早天还没有亮透，芭蕉丛里的鸟鸣声就此起彼伏，不一会儿旅馆员工的走动声也传来。热带的一天开始得真早，路捷看看表，时间是清晨六点。

在庭院里走了一大圈，回来看见昌达尔正在屋外的晾绳上搭晒一件刚洗过的 T 恤。路捷走到他身后说“Namaste”，他马上下意识地转身，双手合十还礼。

“今天我们的行程是什么？”路捷问昌达尔。

“我们去大象繁育中心看象群。”

大象繁育中心位于国家公园的外围区域，进门就是一间狭长的展馆，里面的照片和英文说明介绍了这个繁育中心的由来，还用不少篇幅介绍了亚洲象的特点和生活习性。简介里让路捷印象深刻的是，大象的智商很高，在野生动物里仅次于大猩猩，成年后能够达到四五岁孩子的智力水平。展馆的尽头陈列着一副野象的颅骨，每个来访的游客都会围着硕大的骨骼绕上几圈。也许人人都在好奇，这种在印度教中象征智慧，并被科学证实了智商很高的动物，硕大的头骨内竟然只有那样狭小的空间用来容纳大脑。

象舍非常简陋，就是两排用木头和铁板搭设起来的棚子。这里饲养着二十多头母象和幼象。每头象的右前腿上绑着一条铁链，铁链的另一端被固定在棚子中间的木桩上。母象几乎都安安静静地站着，小象却都非常活泼，不停地用前腿踢拽铁链，还用鼻子卷起茅草撒向天空，如同向天空吹着肥皂泡的孩子。

从繁育中心出来，走在林间的土路上时，昌达尔说：“Ma’am，我是不是没有向你讲到过我的女儿克里缇卡？”

“你只说过她今年八岁了。”

“克里缇卡出生在尼历的新年刚过，洒红节之前。占星师说她出生时的星盘非常完美，这预示她将成为具有名望的人。米娜对这个预言深信不疑，我倒是觉得完全不必放在心上。

“克里缇卡的相貌酷似她母亲，她们都有又大又圆的眼睛和黝黑卷曲的头发。米娜为养育克里缇卡投注了全部心血，她的生活里除了这个孩子几乎没有其他。每天她起床的第一件事就是为克里缇卡做早餐，她不放心任何人接送克里缇卡，必须亲自把克里缇卡送上校车。白天米娜在家里洒扫烹饪，下午放学后，克里缇卡就能吃到刚做好的点心。在我注销登山向导公司后，我们有很长一段时间生活拮据，但是米娜坚持让克里缇卡去上加德满都最好、收费也最高的国际幼儿园。克里缇卡四岁那年，米娜变卖了一些首饰，买了一架二手钢琴，并且为克里缇卡请了最好的钢琴家教。

“米娜对克里缇卡的培养有着一种近乎执着的热情，很大程度上是因为占星师还说过，这个孩子将会在政界呼风唤雨。但我心里清楚，在尼泊尔这样的国家，作为一个平凡刹帝利的女儿，克里缇卡是不可能在政界有所作为的。

“我曾经跟米娜说起过我的看法，但米娜不肯听下去。我理解米娜的心情，出身于像她家这样的望族，受过大学教育，米娜自己其实就具备成为政治家的一切条件。现在她之所以是一个捉襟见肘的家庭主妇，完全是因为嫁给了我的缘故。她对培养克里缇卡的投入，与其说是为了女儿的将来，不如说是她对自己未竟梦想的追求。

“女儿的学业表现也足以坚定米娜的决心，从上小学起，克里缇卡的成绩就一直名列前茅，钢琴课的进展也很顺利。我开始怀疑自己太悲观，这个孩子可能确实是被出生时的吉星照耀着，将来也许真的可以出人头地。

“三个月前，米娜为克里缇卡报名参加泰米尔区的少儿钢琴比赛。为了参赛，米娜为克里缇卡定做了华丽的欧式长裙，还早早通知了亲友，邀请大家前往观看。比赛那天克里缇卡的表现还不错，最终的名次是小学组的亚军。对于刚上二年级的克里缇卡来说，我觉得这是很优秀的成绩了。

“但是米娜的脸色不太好看。我让她在赛场外坐一会儿，自己去后台接克里缇卡。当我走进化妆间时，我看见克里缇卡一边喊叫一边撕扯着一条别人的礼服，周围的其他几个女孩吓得目瞪口呆，那件礼服的主人正是刚才得到冠军的孩子，她正捂着被抓伤的脸蹲在地上抽泣。

“我站在门口呆住了，不能相信自己的眼睛，更不能相信这是我八岁女儿的行为。我的脑子昏昏沉沉的，甚至忘记了安抚一下受到伤害的那个孩子，走过去拉起克里缇卡离开了化妆间。

“那时我只有一个念头：绝不能让米娜知道这件事情。如果知道自己倾心培养、寄予了全部希望的女儿竟然有这样阴暗狭隘的人格，米娜一定承受不住打击。出乎我意料的是，克里缇卡在见到母亲时什么话也没有讲，表现得一如往常地乖巧平静。

“从那天起，我开始重新认识克里缇卡，仿佛她不是我的女儿，而是一个我所不能够完全了解的陌生人。在她小小的脑袋里，装着一个我不理解的世界。

“那天发生的事情，我和克里缇卡都没有向米娜提起。克里缇卡依然保持优异的课业成绩，每天晚上会坐在客厅的钢琴前流畅地弹奏越来越难的练习曲。米娜每天还是会早起为女儿做早餐，然后亲自把克里缇卡送上校车。而我，也依然是那个为生计奔忙的丈夫与父亲。”

这个话题出乎意料地沉重，路捷不知说什么才能安慰昌达尔，只好默不作声地走着。昌达尔沉默片刻后说："Ma'am，谢谢你听我诉说这些琐事，但愿没有给你造成困扰。"

路捷望着昌达尔的脸，她看到一种困惑、原谅、体恤和理解相混合的神情。

十九

又是一个热带的清晨，鸟鸣声还没有完全响起来，向导拉贾就来敲路捷的窗户叫早，还半开玩笑地提醒她说："请一定穿上色彩不醒目的长衣长裤。您肯定不愿意吸引犀牛和孟加拉虎的注意，好看的裙子还是留到今晚去酒吧再穿哦。"路捷听话地穿上了长袖 T 恤和厚实的长裤，出门前还戴上了能够遮住全脸的大檐帽。

出发后就知道拉贾的话并非玩笑。这天的行程是 Jungle Safari（丛林探险），虽然并没有狩猎的内容，但是要在热带的密林里徒步穿行几个小时，回程需要乘坐象舆，多做些准备确实很有必要。

清晨的 Rapti 河边晨雾缭绕，草地上的露水晶莹剔透。拉贾的脖子上依然挂着望远镜，手里还拿了根一米长的木棍。走进丛林之前，拉贾把一根手指比在嘴唇上，告诫大家尽量不要发出声音。这既像是警告，又像是一种神秘的宗教仪式，意味着从下一步起，他们将迈入丛林主人的领地，理当心存敬畏。

拉贾行进的速度并不快，偶尔他会停下来侧耳倾听，又时常手搭凉棚眺望。在 Rapti 河边的塔鲁族村子出生长大，除了在国家公园外上中学的那几年，拉贾从没有离开过这里，对丛林的一切熟悉得犹如自家后院。可是拉贾最常说的一句话是："动物才是这里的主人。"

走进丛林没多久，他们就遇见了第一个主人，那是一只躲闪在灌木后的小鹿，路捷只看见黝黑的瞳孔和直立的双耳在昏暗处一闪而过，它就不见了踪影。不久，一只蓝孔雀进入了视线，它没有那么害羞，在林间的空地上来回踱步，也许是在等待伴侣。拉贾在一个近两米高的土堆前停下脚步，让大家近距离观察野生白蚁窝的样貌。整个蚁巢如同一座恢宏的大厦，一个个蚁室如同精心构建的房间，蚁穴的外壁是被白蚁唾液黏合的土壤颗粒，触摸上去是超乎意料的坚硬。

昌达尔等路捷给蚁巢拍完照后，自言自语一般说："难以想象白蚁竟然能建立起如此坚固巨大的巢穴。它们是否也拥有分工合作的社会体系？"

拉贾半是玩笑半是回答："我们塔鲁人认为所有的动物都是有智慧的，白蚁群有种姓也说不定，不然如何能够造出这么个大家伙？"

路捷被蚁穴的复杂结构折服，心里的疑问却是，如此精致的结构，是否真的有存在的必要？

但这个问题她没有问出口。

拉贾带他们继续前行，林间的开阔地边有许多枯死的树木。塔鲁人不会滥砍生长着的树木，只有自然枯死的树木才会被伐倒，用于建造民房和象舍。空出来的林地会有新的种子萌芽，并再次成长为参天大树。拉贾说："丛林也是有生命的，轮回不会放过任何生命。"

走过开阔地时拉贾提醒大家小心地上的枯枝，那上面仿佛有棕褐色的枝条随风舞动，细看才发现那是一条条寸把长的蚂蟥，正等待着一口吸住猎物的血管，吃个脑满肠肥。树根上有大簇大簇的菌子，色彩艳丽得让人望而生畏。昌达尔发现草丛边有一条青蛇，它在警惕的注视下钻进了草丛。

两个小时后他们又来到了 Rapti 河边，等在他们和其他游客面前的是一列大象。每头大象身上都背着一个铁杆焊成的象舆，里面铺着一层毡垫。昌达尔和路捷登上高台，在赶象人的帮助下跳到大象背上，在象舆里坐下后再用双腿牢牢夹住象舆角的铁杆。拉贾向他们招招手，他要回村子里去了。

大象涉过溪流和沼泽地，河岸边几只休憩的鳄鱼在看着它们。大象不以为意，扑扇着粉红色的耳朵走进了丛林。赶象人骑坐在大象的脖子后面，手里握着一根木棍，不时敲打大象的耳朵来指挥方向，前进的速度则由大象掌握。

路捷和昌达尔乘坐的这头母象今年二十四岁，正处在青少年后期，好动的天性让它不时偏离路线走进密林深处，这时候赶象人会用力敲击它的脑袋；偶尔它也会伸出鼻子采摘野花野果，这时候赶象人就静静地等着它。忽然它站住，侧起耳朵，好像听到了什么特别的声响，接着加快了脚步，朝另一条小路上跑去。

耳畔风声呼呼作响，树枝从他们头顶掠过。这一次赶象人没有阻止大象偏离方向，而是俯下身子紧贴在大象脖子后面。象舆剧烈颠簸，为了不被甩下来，昌达尔和路捷都牢牢抓住铁杆，匍匐下身子，两脚也尽量不伸出象身之外。

好在它并没有跑多远，在丛林边缘的塔鲁村庄外面停住了脚步。昌达尔这才对路捷说："大象的听觉非常灵敏，甚至能够听到次声波，刚才一定是听到了什么危险的声音。"

从象舆上下来，路捷从塔鲁孩子的手里买了一大把香蕉，一根根递到象鼻前，算是给这头母象的小费，感谢它曾像保护神一样带着他们远离危险，尽管路捷并不知道那危险是什么。

二十

劳作了一上午的大象聚集到了河边，赶象人卸除了它们背上的象舆，准备让它们痛快地洗个澡。

昌达尔给了赶象人一些小费，然后让路捷再次骑上大象。这回路捷直接爬上光溜溜的象背，第一次感受到大象干燥粗糙的皮肤和背上稀疏的硬毛。巨大的象背上没有任何可以抓住的东西，大象站起身来的瞬间她觉得心中恐慌。

大象带着路捷来到河中央。这里是 Rapti 河的漫滩，河面宽阔，水却很浅。训练有素的大象知道怎样让路捷感到更加心惊，它用鼻子吸水，然后掉转方向哗啦喷了她一头一身。赶象人在岸上吹了长长的一声口哨，大象心领神会，猛地一侧身体，路捷扑通一声就掉进了 Rapti 河。岸边响起掌声和口哨声，这样的游戏让看热闹的游客和赶象人觉得很开心。

路捷也很开心，穿过河里细长的水草走上岸来时，被昌达尔拍了几张浑身滴水却开怀大笑的照片。昌达尔把相机递回给她时说：

“Ma’am，第一次看见你这么开心的笑容。”

路捷在茅草上坐下来，等待衣服晾干，这次轮到昌达尔被大象扔到河里去了。他上岸时路捷才发现，在他裸露的上半身，从左肩到右腋下戴着一条细细的棉线。路捷有点好奇，问他这根棉线做什么用。

昌达尔的头发还滴着水，他说：“Ma’am，这是印度教习俗中的一种圣线，如同护身符一样，起到辟邪祈福的作用。每年七八月间的月圆之日是戴圣线节，这一天家里的姐妹会在祭司或父亲的指导下，把圣线系在兄弟的右手腕上或者腋下，代表对兄弟的祝福。兄弟也会还礼，给姐妹一些钱和礼物，并承诺在需要时保护她们。戴圣线的意义就在于加强兄弟姐妹间的联系和感情。”

“这根圣线你要一直戴着吗？”

“是的，直到它断了或者下一年被一根新的圣线所替换。”

“戴着这样一根圣线，行动会不会有点不方便？”路捷依然很好奇。

“这根圣线并没有带来不方便，但是给我戴圣线的人是我困扰的来源。我不知道今后还会不会有人再为我戴上新的圣线。”

虽然昌达尔脸色如常，但看得出他的内心并不平静。

他们坐在茅草上晒太阳，不一会儿衣服就渐渐干燥。裸露的皮肤开始感觉滚烫，于是他们站起身来，朝旅店的方向走去。

昌达尔边走边说："我有两个姐姐和两个弟弟，姐姐们接受了初步的教育，然后就和附近村里的刹帝利订了婚。父亲在家乡颇有名望，这抵消了亲家们一部分的嫁妆要求，姐姐们也嫁得还算风光。我读高中后家里的经济状况就每况愈下，两个弟弟不得不早早辍学。虽然我顺利地考上了特里布万大学，但除了第一年的学费，家里再也拿不出钱来资助我了。

"好在我靠做登山向导赚来的钱读完了大学，父母也靠着我和米娜凑起来的嫁妆暂时渡过了难关。两个弟弟相继结婚，在村子里有了自己的家。

"两年前我的母亲病了。平时都是母亲照顾父亲的饮食起居，还负责打理家里的菜圃和果园，她一病倒，父亲的生活就陷入混乱。两个弟弟和弟媳轮流照顾父亲和卧病在床的母亲。那时我在加德满都和山区间来回奔波，米娜要照顾克里缇卡上课和学琴，我们不能回到家乡照料，就寄了些钱回家。

"可是情况越来越糟。父亲开始打电话向我抱怨弟弟和弟媳怠慢他和母亲；而弟弟们则说父亲连母亲的医药费都不愿支付，更不要提家里的生活费；两个姐姐放心不下母亲，常常回娘家照看，也引来了夫家的不满。

“两个月前，我的母亲去世了。我坐飞机到比拉塔纳佳，然后匆匆包了车赶回村里。

“家里的果园无人打理，桑葚落了一地，被经过的人踩成了黏腻的污迹；后院的羊圈空空荡荡，不知道已经多久没有养羊了；房檐已经开裂，苫屋顶的茅草掉落在门口也无人清扫。

“葬礼后全家人都坐在屋里，不是为了怀念母亲，而是为了召开分割财产的家庭会议。那天正是戴圣线节，却没有人记得这件事。”

二十一

“直到那天我才知道，如此仓促地分割财产，是因为父亲迫不及待地提出打算迎娶同村一个刹帝利家庭的姑娘。姑娘贫苦的出身和相差过于悬殊的年龄，都构成弟弟和弟媳反对的原因，而最让他们担心的则是家庭财产的归属。

“那天的家庭会议开得极为艰难，每个人都站在自己的立场据理力争。

我像是外人一般插不上话，唯一的表态是放弃自己那一部分财产要求。

“最终他们请来祭司，为写就的财产分割协议做见证。我看见祭司按部就班地为每个在场的人点上吉祥痣 Tika，忽然觉得很嘲讽。这本应是缅怀刚过世母亲的日子，也是表达兄弟姐妹间情意的日子，却被过成了家庭分崩离析的日子。

“那天下午我就离开了村子。当天没有回加德满都的飞机，我一个人在比拉塔纳佳住下。小城里有一座祭祀保护大神毗湿奴的神庙，我走进去流着泪祈祷。黄昏时一个修士走过来为我点了 Tika，然后给我戴上了这根圣线。”

回旅馆的后半程，路捷和昌达尔的情绪都有点低落。天色渐晚，壮丽的晚霞染红了大半个天空，归巢的鹳鸟在天际线上画出鲜明的黑色剪影。他们走回到旅店门口时，昌达尔让路捷回去换身衣裳，半小时后他们要出发去看塔鲁族的歌舞表演。

塔鲁族的村庄都是就地取材，用圆木和芒草盖起的一座座圆形屋子，墙壁由牛粪和泥土砌抹而成，屋外搭盖一个象棚，象棚后面是堆放茅草的地方，放养的鸡只在象棚外的土地里觅食。塔鲁文化中心的演出每晚都有，演出的剧目也很固定，主要是人形孔雀舞、火流星表演和传统塔鲁武士舞。演员都是附近村子里的年轻人，白天他们是餐馆的厨师或者田里的农民，夜晚到来后就在文化中心变身为传说中的塔鲁武士。他们可能已经演出了成百上千场，但当灯光熄灭、鼓乐响起时，他们的眼中还是焕发出火焰，开始全情舞动手中的短棍。

塔鲁族曾经生活在印度北部，16 世纪时为逃避战乱，辗转流离到奇特旺的丛林地区。在这个潮湿闷热、蚊瘴横行的热带丛林生活，除了强健的体魄，塔鲁人还不得不练就过硬的本领，以抵抗野兽和敌人的袭击。和博卡拉的廓尔喀人不同，塔鲁人的武器不是雪亮的弯刀，而是可以在丛林里随处取材的短棍。精壮的塔鲁男子围着篝火把短棍舞得虎虎生风，那气势并不输给盛装的廓尔喀士兵。

演出结束前演员们邀请观众上台共舞。路捷的颈上挂着一台相机，手里还握着另外一台，实在倒不出手，就只好看着昌达尔走上台去。他穿着普蓝色亚麻衬衫和本白色短裤，身材高出周围的塔鲁舞者一大截，站在舞台上非常醒目。欢快的乐曲响起来，台上的观众和演员围成圆圈跳起简单的舞步。篝火在他们脸上投下阴影，透过长焦镜头路捷能够看见昌达尔发自内心的真挚笑容，如同生活中的那些阴霾从来没有发生过。

二十二

那天的晚餐昌达尔点了尼泊尔著名的 Momo 和 Samosa。Momo 是非常类似于中国蒸饺的食品，用没有经过发酵的面粉制作外皮，里面包裹的馅料是咖喱调制的羊肉和蔬菜。Samosa 的大小和形状接近中国的粽子，也是面皮包裹着咖喱味道的馅料，不过却是用油炸的方式制作而成。进食的时候有一点是相同的，那就是无论 Momo 还是 Samosa，都要蘸着尼泊尔特色的黄咖喱酱吃。

昌达尔说："我们尼泊尔人认为，Momo 是从中国传来的，是西藏人教给我们的食物，而 Samosa 是印度人带来的。这两种食物出现在我们的餐桌上，形象地说明了尼泊尔的地缘形势。作为夹在两个强大邻国之间的弱小国家，留给我们的选择并不多，尽量不偏不倚是最好的选择，甚至在餐桌上两个邻国的影响力也都有体现。"

昌达尔依旧吃得很快，他把盘里的最后一个 Momo 留给路捷，又把咖喱酱蘸碟推得离她近一点，示意他已经吃完了。路捷吃完后侍者撤去餐具，昌达尔一边望着侍者转身离开，一边说："Ma'am，成为一个餐厅老板，也曾经是我为改变命运做出的尝试。"

"你是说你曾经在加德满都开过餐馆？"

昌达尔没有直接回答："去年夏天，我接待过的一个德国客人给我发来邮件，感谢我的陪同服务，并盛赞那次旅行中我带他品尝过的尼泊尔食物。他建议我前往欧洲开设尼泊尔餐厅，还许诺会帮助我。

“那时我正为旅行社不稳定的收入焦心，和米娜商量后，她也认为这是一个不错的建议。我们还有一些积蓄，米娜可以从父亲经营的餐厅里找来一两个厨师，只要我能够在欧洲找到店铺并取得签证，一切就可以推进下去。

“德国客人为我选定了一个铺面，位于德国东部的克滕市。我通过黑市把积蓄换成欧元，汇给了铺面的房东。一切似乎都很顺利，但没有想到，德国使馆拒绝了我的签证。

“根据规定，拒签六个月内不得以同样的理由再次申请签证。在这六个月里，德国房东越来越难以联系，直到最后电话打过去完全无人接听。

“米娜说我们落入了精心设置的骗局，我更愿意相信是房东那边发生了什么不可抗阻的变化。不论原因是什么，显然在那时命运并不想让我成为一个在欧洲经营尼泊尔餐馆的店主。”

餐厅里忽然一阵嘈杂，一个盘着脏辫的白人男子摔倒在地，嘴里喃喃自语，眼神迷乱。侍者走过去扶起他，让他躺在餐厅外面的台阶旁，又给他喂了几口水。男子脸上带着古怪的微笑，整个身体好像被卸去了筋骨，软绵绵地倒在窗下。

昌达尔说：“他吸食了大麻。”

离开餐馆时夜色已经很深，塔鲁村子笼罩在悄无声息的黑暗里。借着月光在土路上慢慢行走，这样的夜晚千百年来在丛林边缘不断重复，时间在这里仿佛凝滞，像被琥珀包裹住的远古生物，变成了熠熠闪光的化石。

路边一个象棚里传来窸窸窣窣的声响，还升腾起气味古怪的烟雾。昌达尔轻声告诉路捷说："一定是这家的大象受了伤，塔鲁人正在用最原始的办法帮它缓解疼痛。"

"是用这种味道奇怪的草药吗？"

"Ma'am，这不是草药，是大麻。"

路捷又想起餐厅里倒地的那个男子。世间苦痛太多，所有的生命都渴求解脱。受伤的亚洲象、编着脏辫的嬉皮、被生活的挫败不断击打的昌达尔和远道而来的自己，都一样渴望离苦得乐。

白象青莲

二十三

清早的长途车站尘土飞扬。造成这些尘土的是一辆又一辆接连驶来的马车，这是奇特旺各个旅馆提供的送站服务，每架马车上都有一个挥舞着皮鞭的小哥，既能够驾车，又能够帮客人搬运行李。在这个丛林密布的热带地区，汽车太过奢侈，象舆太过声势浩大，没有什么是比马车更加机动灵活的交通工具了。

长途车站是一个小小的广场，有人在这里弹着尤克里里卖艺，也有人兜售篮子里码放的黄瓜。包着头巾的白人女子戴着摇曳的银质耳环，她身边的尼泊尔向导腼腆羞涩，还戴着书卷气的眼镜。两个北欧女孩子说着一种近似德语的语言，不停拍打扑向她们热裤下雪白大腿的蚊虫。从稻田里飞来几只鹭鸟，落在电线杆顶，静静地看着广场上的一切。

去蓝毗尼专区的中巴外画着佛陀的坐像，发动机盖上挂着一串万寿菊。在这辆车里颠簸了五个半小时，他们来到了小城派勒瓦（Bhairahawa）。

昌达尔建议在派勒瓦吃完午饭再继续前往蓝毗尼。这是个典型的热带小镇，街道上最多的交通工具是带遮阳篷的人力三轮车。路边的水果市场摊头摆得满满当当，香蕉和杧果的香气远远就能够闻到。一头白色公牛拉着木板车慢悠悠走过，昌达尔说白色公牛在印度教里代表神圣，这车上拉的一定是要送到神庙去的祭品。

他们走进路边的一家餐馆，点了两份最简单的鸡肉炒面。餐馆里弥漫着烟火气和咖喱的味道，墙上张贴着印度宝莱坞明星的海报。服务生送来两个滴着水的空杯子和一个水罐，昌达尔示意路捷不要饮用这样的水，然后他出门去隔壁的店铺买了两瓶矿泉水回来。

午后的气温越来越高，隔着衣服都感觉到灼热的气浪炙烤着皮肤。昌达尔的胸前很快被汗水洇透，路捷也觉得T恤黏糊糊地贴在了后背上。餐馆墙上的温度计显示四十二摄氏度，不知道是不是准确。

两瓶矿泉水上印着弯弯曲曲的泰文，商标是一头弯着鼻子扬水的白象。路捷拿起瓶子反复端详，总觉得这图案非常眼熟。

昌达尔说：“蓝毗尼是举世公认的佛教圣地，每天都有来自世界各地的朝圣者前来，派勒瓦小镇上就常年驻扎有一些来自泰国的僧团，所以店铺里会有不少泰国商品。商标上的白象，就是泰国王室的标志。”

脑海中朦胧的记忆忽然清晰，路捷想起高中一年级的暑假，语文老师的妹妹从北京回到家乡小城度假，被老师带来介绍给爱好文学的学生认识。

她的名字是莲子，头发蓬松地绾成辫子，穿着长及脚面的白色棉布裙，用沙哑温暖的声音讲起她的爱人，一个徒步跨越中国的探险家。那时她是沉浸在爱情里的美丽作家，如同与荷西生活在撒哈拉的三毛一样。文学和爱情，让她的脸庞散发出光芒。但那时路捷不知道，不久以后的另一个夏天，徒步探险家将孤身倒在罗布泊的酷热中，莲子也将在诸多争议中艰难褪去探险家情人和诗人的光环。

在她们见面的那个暑假，莲子刚刚出版了诗集，正在着手写作电影文学剧本。面对这些同样怀有文学梦的孩子，莲子表现得冷静又慵懒。路捷记得她的衣襟上有一枚别针，图案是扬起鼻子喷水的白象。

见路捷好奇，莲子点起一支烟，懒洋洋地解释说：“白色的象非常稀少，所以被视为珍宝，按照泰国的风俗，白象不能劳动，只能被像神一样地供养。供养花费巨大，除了王室几乎任何人都无法负担，所以差不多所有的白象都属于王室。泰国民间认为，如果泰王对哪个臣下不满，就会送他一头白象，既是神物又是御赐，大臣就只得更好地供养白象，于是家道很快就衰落了。后来这个意义人人皆知，英语里说 white elephant（白象），就是指昂贵、显赫，却又无用甚至拖累的东西。”

为何在胸口挂着这样一个昂贵、显赫却又无用、拖累的象征，莲子却没有说明。后来在路捷读到探险家遇难消息的那天，才忽然意识到莲子胸前白象的所指，就如她在悼念情人的文字里写到的那样：他是一个为名声所累、不够清醒的英雄。

坐在派勒瓦热浪袭人的简陋餐馆里，路捷也忽然明白：探险家对极限的挑战、女诗人的辉煌情史、刹帝利作为高种姓的诸多禁忌和自己那困局一样的体面工作，难道不都是生命中的白象？

她打开瓶盖，把白象商标的矿泉水一饮而尽。昌达尔说时间不早了，就出门雇了一辆人力车，把他们送到十几公里外的蓝毗尼。

二十四

蓝毗尼在佛教徒心目中的地位不亚于耶路撒冷之于基督徒。每年前往佛陀证悟地菩提伽耶、初转法轮地鹿野苑和涅槃地拘尸那迦的僧团可能为数更多，但这并不意味着蓝毗尼的殊胜略输另外三个圣地，可能只是因为前来蓝毗尼的行程更为不便。

但也因为路途艰难，蓝毗尼保有难得的静谧平和。街头走过的本地人爱穿白色，不同于巴德岗和博卡拉的热烈。服饰在这里已经有了很大变化，变得更接近印度的风格，毕竟十几公里外就是两国的分界。昌达尔说其实尼泊尔和印度间并没有明确的国境管制，两国的居民可以随意往来。界碑在特莱平原的稻田和茅草丛中，很可能一不小心就跨越了国界，于是也就没有人把这件事放在心上。

如今的蓝毗尼还像是一个宁静的村庄，大片的稻田环绕着遗址保护区。为数不多的商店和旅馆零星分布在民居中，道路是简单修葺的泥土路面，车辆驶过，飞扬起淡黄色的尘烟。进入保护区后树木增加，Harhewa 河的水面随着地势的变化时阔时窄，曲折蜿蜒，如同人工修造的景观河流。看到这些两千多年来不曾变更的景象，才能够理解为什么在所有古籍中都将这里称为“蓝毗尼园”，也才能够理解为何蓝毗尼在尼泊尔语中的含义为“可爱”。

林荫小道上一阵喧哗，一个身着红色僧袍的年幼修行者骑着自行车前来，僧袍的下摆在车后飘荡。他的身旁是几个年岁相仿的孩子，嬉笑间一路跑着追逐自行车。看得出他们之间非常相熟，也许平日里就是很好的玩伴。在他们身后，是一队全身素白的斯里兰卡女性朝圣者，她们都梳着中分的盘发，黝黑的肤色和洁白的衣裙形成强烈的反差。几个穿着两截衫的穆斯林走过，昌达尔说他们是此地的常住居民。最近几十年来蓝毗尼和周边乡镇的穆斯林人口逐步上升，这里正在变成一个种族混杂的地区，这可能是与两千多年前佛陀诞生时完全不同的局面。

傍晚的气温略有下降，但还是热力逼人。白天蒸发的水汽弥漫在蓝毗尼上空，折射出粉红色的光线，为这里涂上了一抹梦境般的色彩。一场辉煌盛大的日落正在上演，热带特有的浑圆夕阳，徐徐落进特莱河的漫滩草丛中。

日落后蚊虫开始出现，大团的蠓虫横亘在路上，花脚蚊子行动迅疾，猝不及防就在裸露的肌肤上留下一块叮咬后的斑块和难以克制的奇痒。路捷下意识地伸出手去拍打蚊虫，这是再正常不过的反应，但一刹那之后她犹豫了：这里是蓝毗尼，是如此殊胜之地，杀生，哪怕是杀死一只蚊子，都于心不忍。

路边立着一块石碑，上面镌刻着英语版的“五戒”：

我谨遵，不杀生戒；
我谨遵，不偷盗戒；
我谨遵，不邪淫戒；
我谨遵，不妄语戒；
我谨遵，不饮酒及吸毒戒。

站在五戒碑旁，路捷在保护自己和礼敬佛陀间犹豫不定。昌达尔打开随身的背包，取出一管药膏递给她，是驱蚊酯。他如同看穿了路捷的内心，笑着说："Ma'am，具实大可不必如此为难。"

二十五

在蓝毗尼的第一晚，路捷几乎无法入睡。他们入住的是临近遗址保护区的家庭旅店，前台接待和行李员是同一个人，他皮肤黑得发亮，鬈发在头顶固执地扭成几个互不关联的隆起。他扛起路捷的行李箱轻快地直奔没有电梯的顶楼，如同这是比刚才登记姓名更为简单轻松的事情。

被热带太阳炙烤了一天的房间，屋顶和墙壁都开始散发热量。放下行李，路捷冲了个冷水澡，旅店的水龙头里根本没有热水，不过这也无所谓，冷水管里流出的水温也比体温高。躺在床上觉得浑身无一处不在流汗，鼻孔里钻进的都是灼热的气流。昌达尔过来敲门，提醒路捷可以把空调打开，她这才发现高高的天花板下面悬挂着一台空调室内机，在电视机的台面下又找到了空调遥控器。把温度设定在最低的十六摄氏度，坐在出风口下方，才终于感觉到一丝凉意。

整个蓝毗尼寂静无声，遗址保护区和周围的村庄都沉浸在黑暗中。月亮升了起来，满月刚刚过去，月光依然皎洁灿烂。两千多年前，佛陀就是在如此环境下出生并觉知正道。虔诚的信徒都强调朝圣的重要，强调在殊胜之地身临其境对觉悟的重要。但路捷质疑，在空调冷风下望着窗外夜色的自己，是否真的来到了蓝毗尼？是否领略到了朝圣的真谛？

蓝毗尼似乎没有早晨，天亮后到处都是金灿灿的光线和无处可躲的热度。穿过尘土飞扬的街道，昌达尔带路捷来到保护区的正门。几个身穿迷彩服的男子荷枪实弹，这是来到尼泊尔以后第一次看见带枪的警察。昌达尔说几年前这里和临近的乡镇爆发过反政府的暴力袭击，从那以后警察就加强了守卫。

进入遗址公园需要脱鞋，保护区的大门边是长长的一排鞋柜，每个小格里都放着一双鞋。坏掉了搭扣的皮拖鞋、磨秃了一半后跟的高跟鞋、沾满了尘土的越野鞋、商标已经模糊难辨的大牌休闲鞋……每一双鞋都曾经跨越万水千山，因缘际会，相聚在这里。

路捷想起在京都参拜三十三间堂的情形。同样需要脱鞋才能进入，那时密不透风的大殿和赤脚踏上洁净木地板的触感她都记得。如今她脚下的红砖地面被晒得滚烫，吹动衣衫的是热带黏热的风。两次参拜中，相同的是她都带着困惑而来，不同的是时空转换，心境已经全然不同。

庭院里的方形砖道上有默默行走的僧人，穿着橙红色僧袍的是来自斯里兰卡的小乘僧人，来自韩国的朝圣者身着灰色的对襟褂。几个小僧按照个头大小排队前行，面对路捷的镜头露出害羞和好奇兼具的表情。

庭院的绿地上坐着一众泰国朝圣者，念诵着路捷听不懂的祈祷文。他们多是上了年纪的人，天气酷热，很多人汗流浃背。他们环绕的是一根不高的石柱，顶端和底端各箍了一道金属，起到加固之用。昌达尔一边走近石柱，一边告诉路捷："这就是阿育王柱。"

路捷想起曾经读到过的文字："上作马像，无忧王之所建也。后为恶龙霹雳，其柱中折仆地。"这是玄奘在《大唐西域记》中的记载，文中的无忧王就是阿育王，中折仆地的石柱便是眼前这根石柱。公元前249年，孔雀王朝的君主阿育王前来蓝毗尼朝圣，在此地立下高达六米的石柱，并在石柱上刻写铭文："无忧王于灌顶之第二十年来此朝拜，此处乃释迦牟尼佛诞生之地。兹在此造马像、立石柱以纪念佛祖在此诞生。"

路捷在泰国朝圣者身后的草地上坐下。草地散发出刚剪过的清新气息，空气里回响着平和虔敬的吟诵，红砖砌成的柱础已经跨越两千多年，见证了岁月的无情流逝，叱咤风云的帝王和波澜壮阔的历史都在时间的伟力下灰飞烟灭，唯有细水长流的信仰恒远绵延。

日光暴烈，一位戴着眼镜的女士移坐到路捷身边，举起手中的小阳伞与路捷共享一片阴凉，然后对她点头微笑。路捷感到心底最柔软的那一部分受到触动，人与人之间最美好的感受之一就在于此：无私地向有所需的人分享自己的所有，施者与受者都得享福报。善意的传递如同清泉流淌，在佛陀的诞生地，这一切既理所当然，又无比珍贵。

路捷回头用目光寻找昌达尔，只见他正站在庭院的矮墙下举起相机对着她。后来昌达尔说，他捕捉到了路捷来到尼泊尔后最美好的笑容。

二十六

庭院中心的白色建筑是摩耶夫人祠。两千六百多年前的迦毗罗卫国，净饭王夫人摩耶返回娘家天臂城待产，在众多侍卫的护送下，行至蓝毗尼园，见一切景物均清净殊胜、平和美好。摩耶夫人漫步至园心，轻抚无忧树枝，于右肋诞下佛陀。

佛教经典中对佛陀诞生时刻的描写令人难忘：种种殊胜妙象与瑞兆产生，大地有六种吉祥之震动，因陀罗、梵天大神以各种化身示现，守卫四周，天女散花，庄严的天乐响起，又有龙王以殊胜美妙之甘露泉水为佛陀沐浴。

眼前这个宁静的庭院和白色的建筑，就是这一切的发生之地。两千多年前初夏的特莱平原，是一样的燠热吧？经典里描绘的殊胜美好，就是眼前这一片绿草萋萋吧？摩耶夫人轻抚的无忧树枝，就是眼前这一片浓荫吧？

在同样的空间，时间的流淌似乎消失不见。路捷想：我呼吸的就是佛陀曾经呼吸的空气，我踏上的就是佛陀曾经走过的草地，我仰望的就是佛陀曾经凝视过的天空。那么是否，我所经历的困惑和痛苦，也曾经牵挂在佛陀心头？

站在庭院中央，路捷明白，佛陀不再是高居龛台之上的偶像，他是一个先行者，用自己的证悟为后来的人们照亮道路。他如同深夜里一个小小的灯盏，告诉在黑暗中苦苦跋涉的人们："别怕，你并不孤单，我也曾站在这里。"

"我也曾站在这里。"在蓝毗尼园中，路捷心中一直回荡着这一句。万里之遥，心路迢迢，当每一个信徒来到这里，心中回响的都是佛陀说出的这句："我也曾站在这里。"

信仰不再是遥不可及的形而上，它就是脚下的红砖道路，通向解脱的彼岸。信仰者要做的就是在先行者的指引下，一步又一步地走下去。每当痛苦、困惑和孤独袭来之时，都能够想起，在蓝毗尼这块殊胜之地，自己曾经听见佛陀的声音在心中回响："别怕，你并不孤单，我也曾站在这里。"

摩耶夫人沐浴的方塘旁有棵巨大的菩提树，树干上缠绕着礼敬的彩旗。树下打坐的僧人拿出黄布袋里的经书念诵，路捷在他们对面的石板地上坐下，合上双眼，让自己再多体会一些这里的平静美好。

一位裹着袈裟的南派僧人走过她身边，轻轻放下两片菩提树叶。路捷睁开眼睛时，他已经悄然离去。在这块殊胜之地，路捷相信一切都自有安排，一切都指向解脱之道。

二十七

一个戴着棒球帽、身背双肩包的年轻男子走近路捷，说了声“Namaste”后，礼貌地问她能否接受一个随机调查。他是在附近大学里就读的学生，正在蓝毗尼进行田野调查，其中的一个题目是关于远道来此游客的访问目的、日程和预算。正是午后，阳光笔直地洒在庭院里。路捷和昌达尔并不急着离开，于是就和这个做调查的大学生一起坐在摩耶夫人祠的墙角稍事休息。路捷接过纸笔，认真填写完问卷交给他。

昌达尔看着路捷把问卷交还给大学生，说：“现在越来越多的尼泊尔人开始关注旅游业，但对于我们这样一个国家，旅游业的意义究竟是什么，没有多少人想得明白。

“今年已经是我从事向导和在旅行社工作的第十二年，这些年里我见过太多人，他们来到尼泊尔的目的各异，在此花费的金额不同，带回的收获或回忆也不一样。所以 Ma'am，见面伊始我就会询问每一位客人，他们对尼泊尔之行的期待，就如同我问过你的那样。”

“我记得你曾经提到，来到尼泊尔的游客所探求的，要么是身体的极限，要么是灵魂的极限。”路捷想起和昌达尔刚见面时的对话。

“我喜欢明白自己目标的人，也相信能够帮助他们收获丰盛的旅程。只有知道自己要去往哪里的人，才能走到终点。”

路捷想，是不是因为身处蓝毗尼的缘故，普通的谈话都似乎蕴含着深意？

昌达尔递给路捷一瓶矿泉水，望着绿意盎然的庭院，说：“作为一个旅行社经营者，在接触了形形色色的游客后，我知道尼泊尔在外国人的心目中是个什么样的地方。很多人来到尼泊尔是为了炫耀，因为不是每个人都可以在亲友面前展示自己站在海拔五千米珠峰大本营的照片。很多人是为了猎奇，声称自己在加德满都的神庙前目睹了血腥的宰牲仪式，很酷是不是？这些都无可厚非，我所要做的就是满足客人的需求。

“但作为一个尼泊尔人，在面对游客时，我的内心却是在斗争的。一方面我希望旅游业能够给我自己和这个贫弱的国家带来收入，但另一方面，我又非常不愿我们的生活被当作怪异的客体展示给别人看，如同展柜里的展品或动物园笼子里的动物。这是我们的生活，我们世代以来就这样生活，我们不应当被消费。”

昌达尔的脸色有点阴沉，他接着说：“五年前我接待过一队来自西方国家的摄制组，他们声称要拍摄最原生态的尼泊尔，指明要前往尼泊尔东部偏远的原始林区。那座大山里长满了各种珍稀的树木，有高耸入云的杉树，也有茂密的蕨类。山区的花卉滋养了众多的野蜜蜂，山民的生活穷苦，他们会冒着风险攀上数十米高的大树或者绝壁，只为了攫取一块野蜂巢。

“摄制组对这个题材很感兴趣。他们在原始森林里打开刺眼的射灯，踩平了许多灌木，摆出巨大的阵势。为了拍摄一个山民艰难攀爬的镜头，他们甚至不惜动用小型无人机。森林里的动物纷纷被逼走，其他山民也远远观望，山地蝴蝶美丽的蓝色翅膀被灯光烤到烧着，带着一缕烟从空中掉落下来。

“导演和摄影师用英语吵吵嚷嚷，不时还点燃一支香烟，全然不顾这样的烟火可能让整座森林化为乌有。我在一旁又急又气，眼看着几十个人把古老幽静的森林吵得鸡犬不宁，却又无法阻止。三天后他们离开了山区，我没有继续接待他们剩下的行程。听说后来他们拍摄了博卡拉和加德满都，再后来他们的片子卖给了欧美很多电视台。

“我对他们拍出来的东西毫无兴趣，相信那只是一些浮光掠影。在他们眼里，尼泊尔这个国家和尼泊尔人，就如同镜头前的土蜂巢和攀爬的山民，是满足人们好奇心的客体，他们如同早先的西方探险家一样，抓住一只新奇的猎物，制作成标本带回自己的社会，然后四处展示，名利就会接踵而至。”

昌达尔沉默了一会儿，平定了情绪后问路捷：“Ma’am，你心目中的旅行者是这样的吗？”

路捷没有马上回答他的问题，而是向他讲述了法显和玄奘来到蓝毗尼的旅程。公元 403 年，中国高僧法显取道新疆，渡流沙，越葱岭，经印度来到蓝毗尼，成为访问尼泊尔的外国人士中有真实记载的第一人。他在蓝毗尼见过佛陀诞生处的无忧树和摩耶夫人沐浴过的水池，也见到了当时蓝毗尼荒弃的情景。《法显传》里记载：“迦维罗卫国大空荒，人民稀疏，道路怖畏，白象狮子，不可妄行。”公元 633 年，唐代高僧玄奘也来此瞻礼取经，在《大唐西域记》中，玄奘记载蓝毗尼为：“有释种浴池，澄清皎镜，杂华弥漫。其北二十四五步，有无忧华树，今已枯悴。”印度和尼泊尔的古代历史如同烟雾缭绕的神话，没有准确的记载。这些中国旅行家的记录如同嵌刻在历史中的楔子，不仅使南亚次大陆的一段古代历史有了准确年代，也让人知道佛陀确实是历史上有血有肉的人物。

路捷说："在我心里，这样的人才是真正的旅人，脚下跋涉万里，心中也历经万里。如果可能，我愿效仿他们的旅程。"

昌达尔静静听完，看着路捷说："Ma'am，我相信你能做到。"

二十八

日落前他们离开蓝毗尼园，前往保护区的中心区域。在永久和平之火和长方形的池水两侧，分布着多个国家建设的寺院。东侧都是小乘佛教寺院，缅甸庙金碧辉煌，泰国庙洁白雅致。天色渐晚，他们来不及看完，昌达尔雇了一辆人力车前往池水西侧的大乘佛教寺院区。越南庙顶有鲜活的飞龙图案，日本巢居基金会兴建的是藏式风格的寺院，韩国寺规模宏大却尚未完工，外墙的水泥裸露，但殿内已经燃起长明灯，接受信众朝拜。中华寺是他们在暮色完全笼罩前走进的最后一家寺院，端正的山门、黄瓦红墙以及门匾上的汉字，在夜色中让路捷觉得亲切。

这一路上，一个瘦弱的男孩一直追着他们的人力车跑，还唱念着一些佛教经文。他们下车参观，男孩就站在车旁和车夫聊天，他们上车，他就继续跟着跑。路捷冲他笑笑，他的大眼睛里满是笑意，在夜色里闪亮。路捷问他是不是要钱，和曾经在加德满都遇到的孩子不同，他只是微笑不答。没有照明的路面坑坑洼洼，路捷实在不忍让这个年幼的孩子继续跑下去，让车夫停了车，掏出一百尼币递给他。孩子欢快地笑着，鞠了一躬后消失在夜色里。

回到旅店，前台接待的伙计说晚饭已经准备好，马上就可以到一楼用餐。可能是因为旅途漫长有些疲劳，也可能是因为对如此炎热的地方水土不服，路捷坐到桌前叉起第一块咖喱土豆时，胃部忽然一阵痉挛。

和昌达尔说了声抱歉，路捷直冲进餐厅旁的卫生间，跪在马桶边呕吐起来。无法抑制胃部的痉挛，直到仿佛吐尽了胆汁才停下来。从卫生间出来时路捷感到脚步发飘，食欲全无。昌达尔见路捷脸色不好，建议她回房间休息，说如果再感到不适，可以去附近日本人开设的诊所接受诊治。

体力不济，路捷上楼梯的脚步缓慢。在三楼的楼梯转角，她看到了一组描绘佛陀生平的绘画，昨天脚步匆匆，上下楼时竟然都没有发现。路捷扶住楼梯，借着走道的灯光，细细看这几幅画描绘的场景。一手指天一手指地的那个孩童，是出生时的佛陀；在菩提树下结跏趺坐的，是在菩提伽耶证悟正道的佛陀；面前跪坐五人的，是在鹿野苑初转法轮的佛陀；众弟子环绕着侧卧世尊的，是佛陀涅槃的场景。在这四幅图之外，还有一张佛像的照片分外醒目。

照片里是一座石质佛像，佛陀束着波浪状发髻，结禅定印，结跏趺坐于四方台座上，全身上下只披着一块布。石像上的佛陀双眼深陷，肋骨凸显，小腹塌陷，骨盆突出，额头上的青筋和全身的韧带全部暴出。这尊佛像描绘的是佛陀于尼连禅河边苦行六年的情景，那时佛陀“日食一麻一麦，形容憔悴，肤体羸瘠”，就是经过如此苦修和斋戒，佛陀证得心无所住、无所挂碍的境界。

在人生的漫漫长路上，身体的病弱常常成为掣肘，但很多时候也正是在病弱困顿中，人们才更加接近灵魂。犹太教和东正教有大斋戒，伊斯兰教有尊贵的赖麦丹斋月，佛教徒也守非时食戒，都强调在戒除对食物的欲念后，更加精进修行。

这尊佛像给路捷留下的印象是如此深刻，回到房间她顾不得胃部的不适，急忙上网查询有关它的资讯。

“苦行佛陀像，2 世纪犍陀罗佛教艺术作品。”搜索引擎给出了这样的答案。

犍陀罗，那是佛陀涅槃几个世纪后崛起的大国，那是位于今天巴基斯坦拉合尔的古国。而拉合尔，在路捷的脑海里，它的意义就是阿什夫的故乡。

世界宽广，大到行走不尽；世界又是如此之小，小到和过往一再重逢。对着屏幕上的苦行佛陀像，路捷在心中祈祷阿什夫一切平安。

二十九

第二大一早坐在顶楼阳台上，微风吹来，暑热褪去不少，路捷的肠胃也好转了很多。

昌达尔吩咐旅店给路捷熬了燕麦粥，配着粥一起端上来的还有一盘原麦色的薄饼。路捷拿起一张，不用撕开就闻到浓郁的麦香，这是未经发酵的面饼，不像馕那样蓬松软和，也不像帕帕冬那样酥脆干爽。

昌达尔似乎知道路捷在想什么，他说："这是 Chapati，Ma'am。"然后就沉默地吃完了早饭。

离开蓝毗尼的时候路捷有些不舍。来到此地的路途漫长不易，能够成行是难得的机缘。很可能自己将不会第二次踏上这片土地，在此一别就是永远。路捷想起东京台场的那间公寓，想起花火璀璨的青森小城，想起一个人走过的京都和奈良。这些曾经前往并离开的地方，都如同永恒万种中的偶然变数，又如同万千可能中的唯一必然，曾经来到，便来到了。而当时刻来临之时，也都一别即成永远。

日本茶道的集大成者千利休要求弟子谨遵“一期一会”的精神，对人生的每一次相逢都要抱持“难得一面，世当珍惜”的态度。对于一经离开就不曾回去的日本和发生在那里的一切，路捷唯有珍惜。

而今天即将离别的蓝毗尼，又何尝不蕴含“一期一会”的真谛？

派勒瓦有路捷所见过最迷你的机场，一个如同仓库一样的候机室加上荒草丛生的大院子，就是这个机场的全部。候机室墙上贴着褪了色的尼泊尔旅游宣传广告，那里面有路捷走过的巴德岗、博卡拉、奇特旺，也有她没有去的萨加玛塔、杜利凯尔，那是尼泊尔北部的雪山区域，是徒步客和登山者的梦想之地。

如此简陋的机场，办理乘机手续也别有特色。每件行李会被放到一个硕大的吊秤上，如果秤砣被高高吊起，那是需要补交超重费的标志。机场的尼泊尔语广播路捷听不懂，但听不懂也不会错过登机，因为一个上午只有这一个航班。

飞机不出所料地小，刚才在候机厅里的二十几个人就把它全部填满了。乘客里发出一点骚动，昌达尔告诉路捷说："内政部长也在这架飞机上。"路捷向前望去，第二排的窗口座位上，坐着一个戴着眼镜的谢顶男子，就是他了。如此狭小的飞机没有头等舱的设置，部长和朝圣的佛教徒、疲倦的外国游客一样就座，算是众生平等的体现。

空乘小姐画着长长的黑色眼线，微笑起来顾盼生姿。起飞前她拿着小竹篮，依次走到每一个乘客面前。竹篮里是不同口味的水果硬糖，每颗糖的包装纸上都印着两只展翅的和平鸽以及航空公司的名字：佛陀航空。

疲劳和机舱气压的变化使路捷昏昏入睡，蒙眬间又想起一期一会的意义。一生一次的遇见都须珍重珍惜，那重返就更为难得。

半个小时后，她重返加德满都。

此岸彼岸

三十

加德满都的正午总是烟气弥漫，阳光照耀下的谷地，笼罩在灰蓝色的光线下。远处天际线的喜马拉雅群山朦胧可见，杂乱的街巷涌出无尽的车辆和人流，可能还有数不清的神。

昌达尔把路捷送到泰米尔的旅馆门口，说："Ma'am，请先回到房间休息，原谅我现在告辞一会儿。许多天不在家，我需要回去看看米娜和克里缇卡。"说完他合十行礼，转身离开。

路捷在旅馆的咖啡厅里点了杯奶茶，用手机查收邮件。闺密发了信息给她，问她一周来在尼泊尔的感受如何，遇到了神还是帅哥。路捷笑着摇了摇头，坐在办公室格子间里的闺密，不会理解她在殊胜之地的感受。

一个白人男子在一旁打着视讯电话，对着手机摄像头描述他眼里的加德满都："这里的空气我估计是有毒的，一定是汽车燃油的问题……自来水受到污染……房屋没有规划，街道很窄，根本没有防火通道……居民区里连下水道都没有……"他的衣着干净整齐，皮肤还是未经阳光炙烤的苍白颜色，一定是刚刚到达尼泊尔。路捷想起几天前初抵加德满都的自己，身心的长路尚未展开之时，不也是这样的心态？

午后炎热，空气凝滞。路捷起身回到房间，打算洗个淋浴。褪下右手腕佩戴的凤眼菩提念珠，那是她在蓝毗尼泰国寺外黄昏的集市上买下的；摘下摇曳的银耳环，上面有细碎的流苏，她在东京公寓旁的购物中心对它一见难忘。这些首饰来自过往旅途，因缘际会地相聚在此，如同命定。

昌达尔回来时带来了米娜做的 Roti，这是又一种南亚次大陆流行的面饼，很薄、不脆，带着烤过的炭火气。馕、帕帕冬、Chapati 和 Roti，同样用面粉制作而成，味道却是那么不同。

路捷问昌达尔："这几天家里一切都好？"

他点头："米娜把克里缇卡照顾得很好，还安顿好了我父亲。"

"你父亲？他不是在比拉塔纳佳乡下的家里吗？"

“戴圣线节后父亲向那个女孩家提了亲，没想到因为我们家庭的财产纷争，女孩家里对这桩婚事的态度发生了变化，他们拒绝了提亲。父亲觉得在村子里颜面尽失，弟弟和弟媳也对他颇有微词，于是几天前一个人来到了加德满都。

“父亲来时只带了一个随身小布包，里面是母亲生前的几件首饰。大家庭的分崩离析和再婚的失败，让父亲一下子衰老了许多，曾经的威仪荡然无存。米娜说她不能眼看父亲无家可归，于是就打扫出了客房，让父亲住下。”

昌达尔平静地说：“看来我们今后要和父亲一起生活，那目前在泰米尔的房子就有点小了，我需要去寻找一套离克里缇卡学校不远的大房子，这可不是件容易的事。”

叹了口气后昌达尔又说：“不过这不就是生活吗？”然后又露出了笑容。

三十一

昌达尔说黄昏前还赶得及去杜巴广场看看活女神库玛丽。

杜巴广场依旧人山人海，大群鸽子起起落落，鹰隼在高空盘旋。

有慵懒的黄牛走过，也有黑狗在人群中游荡。年老的尼瓦尔男子在神庙台阶的顶端忙于编结毛衣，衣饰艳丽的女子穿越广场汲水回家。昌达尔和路捷穿过人群，走进旧王宫旁边的一条小巷。

跨进被白色石狮守护的低矮门楣，眼前是一个红砖庭院，正中的一方天井透进光线。三层小楼的门窗镶嵌有精美的木雕，年代久远，色泽暗沉。下午四点半，穿着制服的保安在庭院中用尼泊尔语和英语大声喊话，要求所有人关闭相机。人们屏息望向三楼正中的窗扇，不多时那里闪现一张童稚又庄严的脸，浓黑的眼线直达两鬓，头上盘着高高的发髻。这是塔莱珠女神的活化身库玛丽。

没有人说话，甚至没有人敢大声呼吸。这张面无表情的小脸像是飘浮在窗口上，每一个观众都如同陷入梦境，来不及反应。几十秒后，小女神转身离开，凝重的空气才似乎重新开始流动。

路捷站在原地望向空荡荡的窗棂，问昌达尔："这是我在尼泊尔见到的最严肃的脸。她看起来还是个孩子，为什么面无表情？"

昌达尔说："按照宗教传说，活女神库玛丽的一举一动都代表着神谕。如果她对朝拜者大笑或大叫，朝拜者将生重病甚至死亡；如果她脸色阴沉，左顾右盼，那么朝拜者家中肯定将发生争吵；如果她取食物吃，朝拜者将破财。在大多数情况下，活女神在接见民众时都必须面无表情，也不能有任何动作，每一个年幼的库玛丽都明白。”

“每一个库玛丽？难道有很多活女神？”

“Ma’am，塔莱珠活女神遵循转世制度，历代库玛丽都是从生活在谷地的尼瓦尔释迦族中检选。在众多三岁到七岁的女孩中，只有从未生病流血，拥有三十二种完美特征的女孩才可能接受祭司的试炼。试炼有很多种，其中之一是将候选女孩关在漆黑的房间，与洒满鲜血的牛头和羊头共居一室一整夜，只有不恐惧、不慌张的女孩，才能被确认为塔莱珠女神的转世。这个传统，从 17 世纪的马拉王朝就开始了。”

庭院里的游客已经渐渐散去，旅行手册里都写着活女神一天只会在窗口露面两次。昌达尔依然望着空荡荡的窗口，说：“库玛丽是寂寞的女神，一年之中只有因陀罗节才会被祭司抬出来，乘坐华盖彩车接受膜拜，其他的时间都会待在这个小庭院里，直到青春期来临再次落入凡间。”

他们在庭院入口的长凳上坐下来，几个笑容开朗的少年立刻围拢过来和路捷聊天。他们穿着干净的校服，白衬衫整齐地扎在藏蓝色的长裤中，说是在附近的中学就读。对路捷用英语问出的问题，他们的英文回答彬彬有礼，昌达尔对他们讲尼泊尔语，他们也马上切换到尼语回答。他们笑嘻嘻地告诉路捷，不远处的集市里有好吃的 Lassi 酸奶，也问路捷中国到底是什么模样。

一个孩子对路捷胸前的相机很感兴趣，略带腼腆地请教她几个技术问题，然后礼貌地问能否让他拍摄一张照片。路捷把相机递给他，他兴奋又紧张地在庭院门口站好，沉吟良久才按下快门。路捷打开回放，看到那是一张街景。并不出彩的照片，但在构图上有些特点：旧王宫和库玛丽神庙的建筑在画面里构成两条直线，收束在远处的蓝天白云之下。

他恋恋不舍地把相机交还给路捷，仍然不肯离去。路捷问他："你这么喜欢拍照吗？"

他用力点点头，说："我五岁的时候，村里来了联合国教科文组织的工作人员，他们在附近的几个古迹前后拍摄，也拍下了我和我的家。那是我第一次看到相机，从那以后，我就希望能够像姐姐你这样，拥有一台自己的相机，走遍全世界去拍摄。"

路捷说："这也是我的梦想，如今正在努力把它变成现实。你的家乡在哪里？"

他的脸上绽放一个大大的笑容："蓝毗尼。"

三十二

加德满都被称为谷地，是因为这里位于众多山脉之间，巴格马蒂河在山谷间冲积出了肥沃的土地。在尼泊尔的传说中，加德满都谷地的由来充满了神秘色彩。据说远古时代，加德满都的所在地是一个巨大的湖泊，湖水里居住着恶龙，人们只得栖息在两旁的高山上，并常常受到恶龙的欺凌。从五台山游历而来的文殊师利菩萨经过此地，看到众生艰难，于是挥起神剑，将湖边的大山奋力劈开，湖水沿着裂口倾泻而出，湖底形成了丰饶的谷地。那之后人们得以安居乐业，逐渐形成了人口密集的加德满都。为了感激文殊师利菩萨的恩德，加德满都人在斯瓦扬布山上修建了文殊师利菩萨庙。

前往斯瓦扬布寺要攀爬上百米的石阶，越接近寺前的大佛塔，台阶越发陡峭。披着绛红色僧袍的喇嘛，和身着休闲裤的欧美游客一起，挤在寺前的观景台上瞭望，在他们眼前，加德满都谷地的风貌一览无余。朝拜的人们熙熙攘攘走过，年幼的孩子披红挂绿，将一尊尊文殊师利菩萨像放在头顶，围绕佛塔环行，昌达尔说他们是在向庇佑学业的文殊师利菩萨祈祷，在接下来的考试中取得好成绩。2 世纪开凿的黑色砂岩佛像眉目俊朗，身上的长袍飘逸灵动。在佛像身边的砖墙上，用粉笔写满了名字，层层叠叠，难以辨认。昌达尔说这也是望子成龙的父母写下的，怕菩萨忘记了自己孩子的姓名。

下山的道路曲折蜿蜒，他们穿行过逼仄的民居，也经过了不小的市场，里面贩售的都是时令果菜。一路下行，直到走近一条漂浮着白沫、散发出不洁气味的河流。石阶上有个裸着上身的年轻人在冥想打坐，河水在他脚边滔滔而逝，他面色安然不为所动。另一块石阶上坐着一对老年夫妻，从身旁巨大的行李包里掏出鲜花、水果和绿叶制成的盘子摆放在面前，像在等待什么人。

不一会儿，一位面容威仪的老者走了过来。他头戴粉红色的 topi 小帽，身穿白色衬衫长裤，外罩尼式格纹长马甲，颈上围着一条鲜艳的经幡，手中握着一根光滑的木杖。老者在这对夫妻面前盘腿坐下，打开手中的经册诵念。诵念的间隙，老者在叶盘中添加白米和鲜花，还不时拿起铜罐倒入一些牛奶。夫妇合十祈祷，仪式的结束是老者为他们在眉心点上 Tika。

昌达尔告诉路捷："这对夫妇可能是遇到了什么困惑，或者是期望能够为某个亲人祈福。这样的仪式在巴格马蒂圣河边每天都会发生，是尼泊尔人生活的一部分。"

"那位戴着经幡的老者是什么人？"路捷问昌达尔。

"Ma'am，他是这对夫妻的 Guru。在印度教里我们尊崇上师，Guru 就是教导我们宗教知识、解答我们人生困惑、指引我们走向解脱之道的上师。”昌达尔一边说，一边带着路捷走进河边的一条窄巷。

“我的父亲就曾经是村里很多人的 Guru。我记得他常常在节庆时被请去别人家里，摇着铜铃做 Puja，也会在弟子遇到困难时为他们祈福祷告。父亲曾经告诉我，在古印地语中，Gu 意味着黑暗，Ru 的意义是驱赶，驱赶黑暗的人，Guru 的含义由此而来。

“现在我常常望着衰老的父亲，看到他被俗世的烦恼困扰，看见他在蒙昧中犯下错误。如今他不再为任何人做 Puja，也不再为任何人答疑解惑。衰老和困惑的他，如今可能也需要得到指引。”

窄巷的尽头豁然开朗，加德满都嘈杂的街市就在眼前。昌达尔回头望了望河边，说：“也许我应当请来一位 Guru，为父亲做一场 Puja。生活是一条漆黑的道路，每个人都需要破除黑暗的引领者。”

三十三

巴格马蒂河是尼泊尔的圣河，在印度教徒心中，这条河通向遥远的恒河，并最终流向更加遥远的天堂。

从市区的街巷转出来，沿着巴格马蒂河溯流而上，路过铁丝网后空无一人的高尔夫球场。在这样一个贫苦的国家，在嘈杂的道路旁边，出现这样一个青翠整洁的奢侈场所，有一点跨越时空的感觉。不过神灵笼罩的感觉并没有因此消失，路口出现售卖矿物颜料的摊子，昌达尔说很多信徒会把为神像涂色作为一种功德。路两边红砖的房屋越来越多，巴格马蒂河面豁然开阔，昌达尔说："过了桥就是帕苏帕蒂纳特。印度教徒没有人不知道帕苏帕蒂纳特，这是敬奉湿婆和他妻子帕尔瓦蒂最著名的神庙。

"传说帕尔瓦蒂为了求得湿婆的爱情，在雪山苦苦修行千年，终于赢得湿婆的欢心，成为他深爱的妻子。谁知在一次家庭聚会上，由于父亲当众羞辱丈夫湿婆，帕尔瓦蒂愤然跳火自焚而死。

"湿婆为帕尔瓦蒂之死异常悲痛，他抱起妻子的尸体在宇宙间游荡。具有最伟大力量的神如此失魂落魄，天地万物也纷纷凋落，河水干涸，树木枯死，湿婆所过之处人死兽亡、寸草不生。众神担心这样下去会毁灭整个世界，于是派保护大神毗湿奴向帕尔瓦蒂的焦尸射箭，尸体碎片掉落处形成了五十二个灵验的圣地。帕苏帕蒂纳特就是帕尔瓦蒂子宫的掉落之地。"

路边的空地被席地而坐的人们占据，男人们赤裸上身，头点 Tika，女人们衣饰庄重，面容肃穆。他们进行的是为逝去的亲人超度的仪式，祭司在叶盘里撒满大米和鲜花，然后点燃祈祷的火焰。

昌达尔向路捷解释说："由于雪山女神帕尔瓦蒂的尸体落在此地，巴格马蒂河又通向天堂之河恒河，帕苏帕蒂纳特就成了最有名的烧尸场所。"

昌达尔的话音未落，路捷就闻到了空气里特殊的味道。

如果这世界上有一种气味超越了语言的描述，那就是巴格马蒂河边的这一种。滚滚浓烟从河对岸升腾起来，火焰熊熊，能够看见火苗在吞噬艳丽的纱丽。旁边另一座石台上的火焰已经熄灭，灰烬的形状依稀辨得出人形，有人挥动巨大的草把，正在将这些灰烬推下石台，随河水缓缓向下游流去。

异样之感涌上胸口，路捷忍不住干呕起来。昌达尔并不感到意外，但他只是在原地站住，等她克服了不适后再继续向前走。

非印度教徒不能够跨过石桥，很多游客就隔河眺望。世间之事莫大过于生死，见证生不易，见证死更难。亲自目睹曾经鲜活的生命被陈放在圣河边，经过清洁装饰，接受过亲人最后的抚慰，被阵阵浓烟带向神的国土，心里的滋味，比空气中的烟味更为复杂。

昌达尔引领路捷转向河的东岸，一河之隔就是死与生的距离。路捷有些恍惚，焚尸的场面还历历在目，但转瞬间扑面而来的就是生之欢愉。无事游荡的当地青年，带着安然的微笑，坐在石阶上消磨时光。大群猴子奔来跑去，年幼的猴崽被母亲或搂或抱，娇憨可爱。浑身涂满灰粉的苦行僧有精心装饰的头发和面孔，艰苛的修行不能阻挡他们对炫丽的追求。苦行僧们栖身的所在是十一座面貌相似的查伊提亚，这些小小的石屋中都郑重供奉同样的神明——林迦和约尼。

昌达尔说："由于帕苏帕蒂纳特是女神帕尔瓦蒂子宫掉落的地方，这里也是代表生殖伟力的圣地。"

林迦是凸起的石柱，是毁灭与创造之神湿婆的化身，直立在被认为是女性生殖器象征的约尼上。查伊提亚里共有一百零八个林迦和约尼，从第一道门望过去，只见一眼望不到头的林迦和约尼，很多林迦上被信徒涂抹了浓重的红色颜料，不少约尼被撒满了新鲜花瓣，似乎在提醒世界不要沉湎于生命逝去的悲伤中，不要忘记生命的延续具有更重要的意义。

世间最远的相隔是生死，但在帕苏帕蒂纳特，死生只是一河之隔。浓烟滚滚的此岸，被神佛拂去苦痛喜乐，瞬间便轮回至生机勃勃的彼岸。

这一天有充足的时间拍摄。路捷用镜头记录下焚尸台上的浓烟，也拍下了鲜红的林迦和约尼；她拍下了祭司面前点燃的烛火，也拍下了查伊提亚间窜跳的猴群。昌达尔在拍摄的间隙问她："Ma'am，为什么你今天很少说话？"

"这是见证死生的一天，都是太过宏大深刻的内容，对于这样的内容，语言显得孱弱无力。"路捷像是在回答他，又像是告诉自己，"这样的时刻唯有观察和记录。"

走出帕苏帕蒂纳特很远以后，路捷想起奈保尔曾经说过："人若不能观察，他们就没有观念，他们就只有执迷。"这片神奇的谷地，处处对比鲜明。快乐与痛苦，平静与纠结，神圣与世俗，甚至生与死，都在此相生并存。在尼泊尔之行的倒数第二天，在众神飞舞的神奇土地上走过漫漫长路之后，在用镜头和心灵观察和记录之后，对于世间和自己，路捷的观念已然不同。

曾经的执迷在众神的注视下远去，是重新上路的时候了。

三十四

清早就下起了连绵的细雨，昌达尔有些担心预订的喜马拉雅山脉观光飞行会被取消。他们匆匆赶往特里布万机场，地勤人员笑眯眯地告知："一切如常。"

坐在大厅里等待登机，阴云密布，气温降低，值机柜台后的女孩拿出羊毛背心套上。透过玻璃窗，路捷看见机场外面依旧站着很多接送的人，不少人试图挤在大厅的屋檐下避雨，也有一些人若无其事地站在雨里，打着鲜亮的旅行社旗帜，或是举着写着客人名字的小标牌。几天前路捷抵达加德满都时，昌达尔也是这样迎接她的。

路捷看见几个穿着白色衣衫的泰国女游客，互相搀扶着共打一把小伞穿过停车场。她们手里的花伞，与曾经在蓝毗尼为她遮蔽艳阳的那把伞有着一样的图案。路捷看见有人在大厅里为尊贵的亲属送行，相互告别前，戴着 topi 小帽的男子向前迈步，然后恭恭敬敬地行了触脚礼。路捷看见有人把金黄的万寿菊花环挂在刚刚抵达的客人的颈上，接受花环的游客露出惊喜的表情。路捷看见肤色黝黑的男孩手里举着一只小陶罐，认出那里面装着的是杜巴广场旁市集里售卖的 Lassi 酸奶。路捷看见办理乘机手续的地勤人员右手腕上戴着圣线，那一定是几个月前来自他姐妹的祝福，佩戴得久了，圣线的颜色已经从白色变成了黑灰。路捷看见佛陀航空公司标志性的双鸽图案，涂在一架小螺旋桨飞机的机翼上。

几天前无比嘈杂纷乱的一切，如今在路捷眼里已是各有意义。

飞跃喜马拉雅山脉是加德满都几乎每个旅行社都经营的项目。花费一两百美元，就可以搭乘小飞机近距离目睹世界上最高山峰中的八座，飞行结束后还能够得到一张带有编号的证书，上面写着：我不曾登上珠穆朗玛，但用心触碰了它。

这段一小时的航程昌达尔没有参加，当路捷独自踏上舷梯时，离愁别绪已经升腾在心里。但她明白，世间一切都有时限，时间到了便须告别。

小飞机冲破厚重的云层，灿烂的阳光瞬间布满天宇。安纳布尔纳、玛纳斯鲁、道拉吉里、卓奥友、马卡鲁、洛子、干城章嘉，壮丽的雪山次第向上，直到珠穆朗玛的峰顶，然后消失于人类所不知的虚无。

机舱里快门声响成一片，伴着不时发出的惊叹之声。尼泊尔人认为每一座雪山都是神的居所，眼前白雪皑皑的峰顶，就是众神的家乡。如此接近神佛的经历，只能发生在尼泊尔，只能发生在漫长的旅途中。

但时间到了，便须离别。

昌达尔从白色面包车的后座拿下路捷的旅行箱。这只铁灰色的新秀丽行李箱，曾伴随她游历日本，如今在把手处挂上了尼泊尔文的标签。它的下一站旅程会是哪里，路捷不知道。

昌达尔陪她办完乘机手续，一同走到几十米外的安检口。他掏出手机打开脸书界面，将路捷的用户名输入，然后发送了朋友请求。

“昌达尔，谢谢你，这几天的旅程中我收获很多。”路捷排在安检口的队尾，微笑着对昌达尔说。

“Ma'am，真高兴能够看见你的微笑，希望在今后的日子里你能够一直微笑。”昌达尔拿出一颗佛陀航空的水果糖递给路捷，“也愿你实现自己的梦想，去到更多的地方，拍摄更广阔的世界。”

路捷点头：“我会努力做到。”

昌达尔双手合十，行礼后说声再见，转身离去了。

机舱座椅后袋里放着英文旅行杂志，路捷翻开有博卡拉鱼尾峰照片的那一页，看见题图的是托尼·哈根（Tony Hagen）的一段话：“如果在神话之外，在人间真的有所谓仙境，那么就在此地，就在尼泊尔。”

机舱门关闭，飞机起飞。路捷手握着佛陀航空的水果糖再次飞越喜马拉雅，离开仙境，回归凡尘。

再再相逢

三十五

抵达雅典的那天狂风大雨，机场工作人员说这是少见的恶劣天气。路捷身上单薄的风衣不足以御寒，好在搭乘出租车，二十分钟后就到达了预订好的公寓。白色大理石走廊一尘不染，客厅里有漂亮的壁炉，真皮沙发上铺着手工编织的盖毯，把卧室的取暖器打开，不一会儿房间里就有了暖意。

百叶窗外是全楼共用的花园，雨点落在草地上发出淅沥之声，棕榈树的长叶在风中摇摆，投下的影子像是一只手在不断拍打卧室窗户。路捷无法安睡，凌晨四点，时差让她在最深的夜里清醒过来。百无聊赖地打开脸书，系统提示她有去年昌达尔发来的朋友请求。接受后路捷看到了昌达尔最新上传的相册，照片里克里缇卡坐在钢琴旁，米娜靠在昌达尔肩上。

从尼泊尔回到北京后，路捷的生活似乎又回归以往，但心态不同了，改变也就自然而然地出现。离开北京那天闺密在机场对路捷说：“去尼泊尔朝圣对你一定有帮助，你不但拍了那么多好看的照片，还有如神助地改变了生活轨迹。”闺密说得没有错，那次旅行后路捷的生活开始发生变化。旅途不断延展，从曾经的日本和尼泊尔，通向了地中海畔的希腊。

在雅典，路捷学着用希腊语向邻居道早安，开始习惯在一周一次的农夫市集上采买水果蔬菜。路捷学会了点 frappe 咖啡，那里面加了奶泡和冰碎，端一杯坐在咖啡馆可以消磨一整个下午。周日的早晨，路捷会换上庄重的长裙到社区的教堂里坐一会儿，礼拜结束后去圣餐篮里拿一块接受了祝福的面包。路捷在比雷埃夫斯港口旁的小餐馆里吃了炸红鲻鱼配茴香酒，也在东正教复活节时和艾维亚岛上的朋友一起烤了全羊。希腊国庆日她站在阿马利亚大街边，和雅典市民一起观赏阅兵仪式，群情激昂中，路捷与大家一起欢呼鼓掌。在大理石体育场的展览室里，她举着火炬的复制品，微笑着和历届现代奥林匹克运动会的会徽拍下合影。

旅途还在延伸。路捷曾独自开车前往苏尼翁角的波塞冬神庙，在那峻峭的山崖上，古希腊国王曾翘首以待儿子战胜怪兽凯旋，最终却用纵身一跳的悲剧使这片蔚蓝之海冠以了他的名字“爱琴”。罗德岛的初夏宁静安然，路捷曾在骑士城堡徘徊良久，然后在老城的酒店顶层眺望港口璀璨的灯火，两千多年前那里曾经矗立着世界上最壮观的太阳神像。科林斯运河位于伯罗奔尼撒半岛和欧洲大陆之间，路捷手搭凉棚眺望艳阳下的盈盈一水，是它连接起了爱琴海和爱奥尼亚海。普拉卡的咖啡座总是人声鼎沸，路捷和来自全世界的游客在这里穿越两千年的时间，与柏拉图、苏格拉底、亚里士多德一样诘问人生。在卫城博物馆，她面对手握盾牌的雅典娜像久久伫立，也被浮雕人马斗士的强健深深折服。这是曾经众神的乐园，是艺术和哲学的源流。

路捷把这些拍成照片，分享到了脸书上。昌达尔在她的一组照片下留言："Ma'am，你从一个众神飞舞的国度走向了另一个，这是多么美好的安排。"

三十六

地震发生十天后，昌达尔在脸书上分享了一组加德满都的照片。难以相信照片上的废墟就是他们曾经走过的杜巴广场。旧皇宫大半坍塌，独木庙变成了瓦砾，只有塔莱珠神庙的外墙屹立不倒，但内部的砖木也都已经崩塌。尼泊尔媒体的评论说塔莱珠神庙得以幸存，是因为得到了活女神的护佑。昌达尔在分享的评论中写道："面对如今的加德满都，不是没有遗憾，但命定只需接受，毕竟它曾经存在过，如今依然在我们的记忆里。”

路捷默默在这条评论下点了赞。

周六的上午，路捷开车去市中心的超市采购，这里售卖日本品牌的寿司醋，可以用它和马其顿大米做成寿司。她打算再买些鲜鱼，烤熟后加上橄榄油和柠檬汁就是地道的希腊海鲜料理。

走过超市的冷柜时，路捷看见里面摆着些红陶小罐，拿出来才知道这是传统包装的希腊酸奶。买了两罐回家，发现那红陶小罐和她在巴德岗店铺里见过的极为相似，同样是经过脱水加工的稠质酸奶，希腊酸奶的口感和巴德岗的 jujudhau 几乎一样。

眼前的生活似乎与过往迥然不同，却又有那么多相似的联系。这些相似的片段使路捷在尼泊尔与日本的记忆重逢，在希腊它们再次带来关于尼泊尔的回忆。如同难以参透的密码，开启一系列人生的际遇，并在回溯时，构成记忆的线索。只要旅途继续，这些密码还会再次出现，但伴随着时间过去和空间转移，它们串连起来的生活，必然是不同的滋味。

想起在蓝毗尼殊胜之地的体悟：世界宽广，大到行走不尽；世界又是如此之小，小到和过往一再重逢。

想起在京都的抹茶店里读到的话："难得一面，世当珍惜。"

无论初识还是再会，一切发生了的都是最好的安排。

且行且惜。一期一会。

图书在版编目（CIP）数据

一期一会 / 安孜著 . —长沙：湖南文艺出版社，2017.1
ISBN 978-7-5404-7797-4

Ⅰ . ①一…　Ⅱ . ①安…　Ⅲ . ①长篇小说 – 中国 – 当代　Ⅳ . ① I247.5

中国版本图书馆 CIP 数据核字（2016）第 226342 号

© 中南博集天卷文化传媒有限公司。本书版权受法律保护。未经权利人许可，任何人不得以任何方式使用本书包括正文、插图、封面、版式等任何部分内容，违者将受到法律制裁。

上架建议：畅销 | 文学

YIQIYIHUI
一期一会

作　　者：安　孜
出 版 人：曾赛丰
责任编辑：薛　健　刘诗哲
监　　制：赵　萌　刘　霁
特约策划：谢晓梅　李　颖
特约编辑：张明慧
营销编辑：杨　帆　周怡文
封面设计：利　锐
版式设计：李　洁
封面摄影：Ellie Davies
出版发行：湖南文艺出版社
（长沙市雨花区东二环一段 508 号　邮编：410014）
网　　址：www.hnwy.net
印　　刷：北京鹏润伟业印刷有限公司
经　　销：新华书店
开　　本：880mm × 1230mm　1/32
字　　数：190 千字
印　　张：9
版　　次：2017 年 1 月第 1 版
印　　次：2017 年 1 月第 1 次印刷
书　　号：ISBN 978-7-5404-7797-4
定　　价：38.00 元

质量监督电话：010-59096394
团购电话：010-59320018

远离颠倒梦想，究竟涅槃。

且行且惜。

一期一会。